天坛六十记

TEMPLE
OF
HEAVEN

肖复兴

著

长江出版传媒 | 长江文艺出版社

2020年五一节前夕的天坛 Fuxing 2020.4.26.

我步入天坛，因为我希望生活得有意义，

我希望活得深刻，

并汲取生活中所有的精华。

五 一 节 前 的
天 坛

Temple
of
Heaven

CONTENTS

CONTENTS

天　坛
六　十　记
—
Temple of Heaven

RuXing 2019.10.15.

初夏时分，槐花一地如雪，

映衬着大殿红色的后墙，色彩对比得那样明艳，

仿佛白发红颜。

西 柴 禾 门 前 的
古 柏

这里既有磅礴的皇家气，

也有平民的烟火气；

既有历史的叹息，

也有今天的感喟。

神 乐 署

Temple
of
Heaven

天坛
六十
记

Chapter 1

画 为 媒

虽然画得不怎么样，却常去天坛画画。去年立秋那天，带着一个新买的画本和一支画笔，又一次来到天坛。我坐在月季园旁边的丁香树丛中，画前面不远处的藤萝架。曾经满满一架的紫藤花，早已不见踪影，绿叶依旧葱茏一片，白色的木架下，人影幢幢，如电影里的默片。

画得非常快，快得自己都没有想到，天坛居然给予我如此运笔如飞的灵感。旁边站着几个看画的人，不住夸奖说画得还挺像那么回事的，便一起聊了几句。以前，旁边有人看我画画，总不自在，现在变得脸皮厚了起来。

忽然，心里冒出个念头，如果天天到这里画画，不仅可以画画，还可以接触好多人，随手记一些各色人等的人生百态与百味，不是挺有意思的吗？

真的，如果不是画画，你只是呆坐那里，不会有人和你搭讪，画画让你进而能够和他们交流，无形中，拓宽了你的视野，也会拓宽你的文字。据说，有人曾经创造了一个"城市最强悍逻辑"的理论，即几千万人同在一座城市里，与你发生联系的，只有那么几个、几十个。远离城市中心的喧嚣漩涡，在这个古老的祭坛兼园林里，却可以发生这样的奇迹，让与你发生联系的不仅那么几个、几十个，而会如水漫延成更多的人。虽然都不过是萍水相逢，但最是这些素不相识的人，最能敞开心扉，无所负担，说说心里的话，乃至心底的秘密。如果让我也创造一个什么城市逻辑的话，或许可以叫作"城市萍水相逢逻辑"。在这个逻辑下，可以让陌生变为依稀曾见，让擦肩而过变为坐下来倾心交谈，让潜藏心底的秘密可以变为浮出水面的睡莲绽开，为你的眼前展开一个开阔的天空，和天空下无穷的地平线。

天坛，就是这样一个让人们被日常琐碎生活揉搓得皱巴巴的心，可以舒展得如花盛放如天空爽朗的地方。这叫作"画为媒"呢。

想到这一点，我莫名地兴奋起来。那天，在天坛里一鼓作气画了好几张速写。

想起以前我也常来天坛画画，回到家里，找出这些随手的涂鸦，最早是 2016 年 6 月的初夏，在一本旧杂志上，画绿荫掩映下的斋宫外墙和西天门。画，似乎比日记还要可靠，迅速让逝去的日子水流般回潮，曾经在天坛所闻所见所思所忆，立刻复活。哦，原来擦肩而过的那些人与事，情和景，思绪及断想，都是财富。记忆中的天坛，那么清晰，明亮。

而且，还发现，天坛是明朝永乐十八年（1420 年）所建，2020 年，就是天坛建坛六百周年的日子。

我决心，只要没有什么事，只要没有外出，就天天到天坛来，随意画点儿速写，随手记点儿笔记。或许，在偌大而古老的天坛之下，记录下的只是如水如云一般来来往往于天坛寻常百姓庸常的生活点滴，普通人生平凡的际遇投影，如同我所画的这些微不足道的小品，笔迹匆匆而潦草。但是，我想起布罗茨基在论及俄罗斯诗人茨维塔耶娃时曾经说过的话："在一个显然没有任何意义的地方看到意义，这一能力就是诗人的职业特征。"更何况六百年沧桑的天坛并不是没有任何意义。

那一天，我记下了献给天坛六百周年的第一则笔记。同时，写下一首打油，记录这个崭新的开始：

　　　　涂鸦最爱到天坛，暑去风生笔有缘。
　　　　神乐署前奏前夜，回音壁里响当年。
　　　　宫门深锁红墙月，古树频摇碧草烟。
　　　　即使旁观多冷笑，缤纷纸上自陶然。

FuXiNG 2020.1.20 大寒於天坛

神乐署前奏前夜，回音壁里响当年。

宫门深锁红墙月，古树频摇碧草烟。

大 寒 那 天
去 天 坛

Temple
of
Heaven

Chapter 2

回音壁

天坛的入门，以前没有东门、北门和南门。天坛的正门是西门，名叫祈谷门。当年皇上来天坛祭天的时候，走的就是这道门。门是地道的皇家坛庙的老门，三间开阔，红墙红门，拱券式，歇山顶，黑琉璃瓦铺设，在天坛独一份，一直延续至今。

进入内垣，也就是我们所说的二道墙门，叫作西天门，门前是一条宽阔的大道。以前，道两旁有很多方形的石座，是当年插旗杆的东西，如今，一些残存的石座移到斋宫南门之外。在原来放石座的地方，摆放着花盆，秋天的时候，盛开着鲜艳的三角梅或串红和孔雀草。

从这条大道可以直上丹陛桥，左拐到祈年殿。外地游客来天坛，主要是看祈年殿。我去天坛无数次，却很少去那里。一直觉得那是皇上去的地方，与我们百姓关联不大。只有皇帝有这样大的权力，可以修建这样堂皇的建筑，百姓家里祭祀时只是贴张灶王爷的神像罢了。再说了，天若有情天亦老，从来天意难违，祭天徒为。

小时候，去天坛，最爱去的地方，是回音壁。到回音壁，和小伙伴跃跃欲试分别跑向两端，耳朵贴在墙上，轻轻呼唤，看能不能听到对方的声音。那感觉奇妙而神秘，仿佛隔墙传来的不是伙伴那模糊不清似是而非的耳语，而是老天爷发出的幽幽回音。

小学六年级，最后一次春游，老师带我们到天坛，来到回音壁的院内，同学们雀跃着一哄而散，纷纷向回音壁跑去。我和一个女同学悄悄约好，分别跑到回音壁的两头，等大家闹完散后，对着墙壁轻轻地说一句话，看看对方能不能听得见。那时候，回音壁的院内，除了我们学生，没有什么人，当同学们散去到回音壁门外集合，院内安静得很，那声音缥缥缈缈从墙里传过来，我真的听见了，她叫的是我的名字。我叫的也是她的名字。那时候，我们悄悄地要好，彼此心照不宣，希望小学毕业以后还能联系，还能要好。

老师跑进院子，催促我们赶紧集合，我们跑出回音壁的院子，忍受着大家的嘲笑，挤进集合的队伍。我看见她的脸羞得红红的，我没有脸红，不是脸皮厚，而是还在想刚才从回音壁里传出她轻轻呼唤我名字的声音，那样的亲切。

小学毕业后，初中三年，我们没有一点儿联系。一直到升入高中，我们俩人偶然在街头相遇，才又接上了火。在一次聊天中，我们都说起了小学那次春游天坛。我问她趴在回音壁前说的话，是不是在叫我的名字？她连连摇头，告诉我其实是在骂我"你是大坏蛋"这五个字。我们两个人忍不住都笑了起来。少年时回音壁传来的声音，竟然如此的似是而非，和那时似是而非的感情那样相似。

如今，走到回音壁前，还会忍不住想起少年这桩往事。站

回音壁，

像是一盘老式木纹唱片，

依然保存着我们少年心底的回声。

回 音 壁
大 门

在人满为患的回音壁前，总觉得当年从回音壁那面灰墙里传过来的，依然是对我的名字的轻轻呼唤，而不是"你是大坏蛋"。

巴乌斯托夫斯基在回忆自己少年时曾经说："记忆仿佛从布料中剪掉一块坏的，只把一些好的——克里木的秋天和这个声音响亮的俄罗斯的冬天拼接在上面。"在我的记忆里，也是这样，把那句"你是大坏蛋"的坏布料剪掉，而把天坛回音壁那个声音响亮而亲切的春天，拼接在上面。

回音壁，像是一盘老式木纹唱片，依然保存着我们少年心底的回声。

Chapter 3

垣 墙 九 里 十 三 步

　　在北京城，天坛是一座老园林，论辈分，颐和园都无法和它相比，如今在二环以里，交通方便，游人如织。我小时候，也就是二十世纪五十年代，天坛所处尚在城外，比较荒僻，四周大多是农田、菜地或破旧的贫民住所。那时候，没有辟开东门，在东门这个地方，天坛的外墙有一个豁口，豁口里面天坛的空地上种着菜蔬和白薯，在闹灾荒的困难时期，常有人进去偷白薯吃。我们一帮孩子也常踩着碎砖乱瓦，从这个豁口翻进天坛，省去了门票钱。记得那时的门票只要一分钱，后来涨到五分钱。

　　体育馆以及南面的跳伞塔和东边的幸福大街的居民区先后建立，有一路有轨电车叮叮当当开到这里，体育馆是终点站，到天坛才方便了些，天坛后来才开了一扇东门，周围渐渐热闹起来，荒郊野外的感觉，在城市化的进程中被打破而成为了历史的记忆。

　　记得小时候，我和小伙伴们有时会到天坛墙根儿玩。也怪，记不大清进天坛里面玩的事情了，只记得在天坛墙根儿黄昏捉蛐蛐，雨前逮蜻蜓的疯玩情景。那时候，家住打磨厂，穿过北桥湾和南桥湾，就到了金鱼池，过了金鱼池，就到了天坛墙根儿底下了，很近便。

后读陈宗蕃先生的《燕都丛考》，他说："天坛明永乐十八年建，缭以垣墙，周九里十三步，今仍之。"他计算得真精确，连多出的那十三步都丈量出来了。他说的"今仍之"的"今"，指的是二十世纪三四十年代的情景。后来，天坛这一道九里十三步的外墙，被后建起来的单位和民居蚕食了不少。不过，西从天桥南口，东至金鱼池，也就是到如今的天坛东门这一带的外墙还完整。我小时候所到的天坛墙根儿，指的就是这一段。这一段墙根儿，一直到二十世纪九十年代初，是各种个体小摊贩的天下，紧贴墙根儿，一溜儿逶迤，色彩纷呈。靠近天坛东门，还有一处专卖花卉的小市场，好不热闹，颇似旧书中记载的清末民初时金鱼池一带平民百姓为生计结棚列肆的旧景再现，历史真有着惊人的相似。

天坛墙根儿内外，据说曾经生长有益母草，颇为引人眼目。《宸垣识略》中说："天坛井泉甘洌，居人取汲焉。又生龙须菜，又益母草，羽士炼膏以售，妇科甚效。"《析津日记》里也说："天坛生龙须菜，清明后都人以鬻粥于市，其茎食之甚脆。"

这都是前朝旧景，天坛井泉和益母草早就没有了。不过，我小时候，天坛有马齿苋。马齿苋没有益母草那样高贵，只是老北京普通百姓吃的一种野菜，想来，因其普通，生命力才更为旺盛，春来春去，一直延续生长，比益母草存活的年头更长一些吧。

就像益母草是学名，民间叫它龙须菜；马齿苋也是学名，旧日老北京人俗称之为长命菜，同益母草一样，也有药用。益母草须清明前后食之，马齿苋得到夏至这一天吃才有效。这固然属于民间传说，但也不无道理，因为夏至过后，面对的是北京人口中的"恶五月"，天一热，虫害多了起来，疾病也容易多起来。吃马齿苋，可以消病祛灾，保佑长命。这一传统，有什么科学道理，我不懂，但和节气都相关，来自民俗与民间，一直延续很久。我母亲在世的时候，每年这时候要去天坛城根儿去挖这种马齿苋的。特别是在二十世纪六十年代闹饥荒的年月，粮食不够吃，母亲常带着我和弟弟到天坛墙根儿底下挖马齿苋，回家洗洗剁碎了包菜团子吃。

如今，慢说天坛墙根儿找不到一根马齿苋，就是到天坛里面，也找不到了。如今的天坛里面，原来空出的那些黄土地，早都种上了花草，春天是二月兰，夏天是玉簪，秋天，挖去一些草坪上的草，补种些太阳菊、串红、凤仙花、孔雀草等人工培植剪裁整齐的花朵。如今的天坛墙根儿，被整理维修得整整齐齐，马齿苋、益母草，连同曾经出现过的琳琅满目的个体户小摊，统统没有了踪影，一切像被吸水纸吸得干干净净。34、35、36、72、60、106路好多路公交车，来往奔驰在天坛墙根儿下。每次经过墙根儿，进天坛里面的时候，都会忍不住想起这一切，特别是马齿苋。才觉得时间并非是如水一样一去不返，因曾经有过它们的存在，便有了物证一般，让流逝的时间不仅是可以追怀的，也是可以触摸的。

Chapter 4

跑　道

　　很长一段时间，天坛四周的一些地方，尤其是西南和东南，被其他房屋侵占和蚕食，其中最突出的是天坛医院和口腔医院，还有便是一片民居，如二十世纪六七十年代在天坛东里盖起的简易楼。如今，为北京中轴线申遗，已经将这些建筑绝大多数进行腾退迁移，还原当年天坛轩豁的盛景，中间被外面楼房所阻断的地方被渐渐打通，除东南面一段，其外墙基本可以连接一起，几近陈宗蕃先生在《燕都丛考》考察的那样，虽还不够九里十三步的长度，总算有望接近这个长度了。

　　人们往往只看到祈年殿清末时曾被大火烧毁的命运。其实，在历史的变迁之中，天坛墙根儿的命运一样如此跌宕周折，而且，缠裹的周期更长。不要说一百多年前八国联军的大炮打破了天坛墙根儿，让外侵者长驱直入，闯进天坛，居然在那里安营扎寨；只看近几十年天坛墙根儿如此艰难还未连成原来的一个整圈的情景，便知道比起祈年殿，天坛墙根儿更多沧桑。如果说天坛是一本大书，祈年殿是天坛最为醒目的内容，那么，墙根儿则是天坛的封面，或者是天坛这本大书必不可少的一道腰封。

如今天坛的墙根儿内，修了一条平坦的甬道。以前，西南和东南被由外阻断，这条甬道的有些地方成了盲肠，现在，特别是内垣前的甬道，基本连接起来，如同循环畅通的水流，成为北京人晨练的好去处，每天清早，都会有好多人，身上穿着运动服，手腕上戴着计步器，在这里跑步或走步。即使雨雪天，也会看见有不懈者在坚持。由于天坛外墙是一个圆，这条连接着东门、北门、西门和南门的圆形甬道，便成为运动场的一条塔当跑道。

其实，天坛墙根儿并不是一体的圆，它是东西南三面方，北一面圆，和古罗马的万神庙三面圆一面方正相反。只是，我从来没有觉得它们是这样三方一圆，一直觉得都是圆的，沿内垣或外垣走，就像是老驴转磨一样，走一个圆圈。这样感觉的也不止我一个人，早年《日下旧闻考》一书也说天坛是"围垣成圆"。显然，这样的感觉是错误的。如此三方一圆建造天坛，是有讲究的，方代表着地，圆代表着天，表达古人对天地的敬畏与敬重之心。在斋宫看航拍的天坛老照片，这种三方一圆，才看得清爽。

不管什么样的感觉吧，如今，天坛的墙根儿里面，确实变成了一圈跑道。永乐皇帝当初建天坛的时候，哪里会想到它如今可以蔓延出运动健身的新功能。

初春时节，开春的一场春雪尚未化尽，树木已经迫不及待地吐出了新绿。连翘也开放出春天最早的花苞。

一天清晨，天坛这条跑道上，从我身边疾步走过一个男人，回过头看了我一眼，我和他四目对视的时候，都认出了对方。

永乐皇帝当初建天坛的时候，

哪里会想到它如今可以

蔓延出运动健身的新功能。

古　树　下
大　道

Temple
of
Heaven

他是我从北大荒回到北京不久后一起工作的一个同事。他停下脚步，和我聊了起来，他说每天早晨都会到这里走步。他比我小一岁，退休也十一年了。前几年查出了血压高，医生建议他除了吃药，要坚持锻炼，这种年龄的人，走路就是最好的锻炼。他便开始到天坛走步。

他家住旧宫，每天开车来，在东门存上车，开始走步，沿着墙根儿走一圈，不到十里地的距离，走差不多一个来小时。走完后，开车回家。

我说他每天到天坛走步，这成本也够高的，除了停车费，还有来回开车的油钱……

他打断我的话，笑着对我说：这成本不高，停车费一小时八块钱，来回开车的油钱撑死十多块钱，一共加起来二十多块钱，你算算，如果去健身房，一次得花多少钱？到天坛这里来锻炼，空气比健身房要好，是最物美价廉的地方了！天坛，现在就是我的健身房！

说完后，我们分手。他沿着墙根儿，走得很快，我也走着，开始想追上他，渐渐地，只能看见他的背影消失在一片清新的绿荫蒙蒙中。

Chapter 5

松 涛 柏 韵

王仁兴是我的中学同窗好友。他刻苦好学，学习成绩一直很好。初中毕业，却因家庭生活困难，无法上高中继续读书，早早参加了工作。这样的挫折，让我很替他惋惜。我曾经到过他家，在天桥附近，近似贫民窟。从他家出来后，走在车水马龙的大街上，我理解了他的选择，更理解他的心情。

1968 年，我去北大荒，两年后，回家探亲，有一天去大栅栏，路过珠宝市街，在一条龙饭馆的后面，看见了他坐在那里剥葱。他不甘心命运的安排，靠着刻苦自学，从一名店小二成为一个中国食品史研究的学者。这其中面对命运艰难曲折的奋争，很是让我佩服。最近，他的《国菜精华》厚厚六百多页的大书，由三联书店出版，他打电话给我，问清我的地址，要把书快递给我，顺便告我，他搬家了。

当我听他说搬到了金鱼池，心里有些吃惊，他家原来住广安门，楼房质量高，居住面积宽敞，换到金鱼池，面积缩小了不少不说，金鱼池一带的房子质量远不如他原来的房子。我有些不解，如今，房子很是值钱，这么换房，值得吗？

他告诉我：我一直有个夙愿，就是有一天把家能搬到天坛墙根儿来。现在，终于搬来了，告诉你，每天逛天坛过了马路就是，近便不说，一到晚上，夜深人静，把窗子打开，就能听见天坛里风吹来松柏滔滔的声音，你知道吗，那是什么感觉？

他没有说那是什么感觉。他就是为听这松柏涛声，放弃了宽敞的好房子，搬到天坛墙根儿下。

王仁兴有些与众不同。在我的同学中，像他这样与众不同的，不多。为了贴近天坛墙根儿，每天夜里都能听到风从天坛里面吹来的看不见摸不着的松风柏韵？如此对天坛墙根儿富有感情的，我找不出第二人。

Chapter 6

柏 树 林

　　天坛有两道墙，分为外垣和内垣，天坛由此分为外坛和内坛。外垣，就是我们叫俗了的墙根儿；内垣，是我们称之为的二道墙。内垣长有七里，比外墙少了两里多一点儿。内垣四周，如今是一片茂密的柏树林。特别是从南门一进去，直接就是内垣，正对着圜丘，左右两侧对称的泰元门和广利门，看得格外清楚，这两个门之间全部都是柏树，铺展展扑在眼前，点兵成阵，一片蓊郁。这些柏树，都是北京城和平解放以后陆续栽的。如今，已经蔚为壮观，看不出最初的样子了。清末，八国联军入侵北京，在天坛安营扎寨，砍伐大量松柏古树当柴烧；以后，也常有人投伐古树；这里渐渐一片凋零。

　　曾经看过摄影家张兆增在1983年拍摄的一帧《夫妻备考》的照片，背景就是天坛这片柏树林，可以看出，那时的柏树林没有长大，还有些荒疏，草皮没有现在茂密整齐（现在的草皮都换成新品种了）。不过，看那一对年轻夫妻抱着书本复习的时候，屁股底下还坐着专门安放在那里的木凳，四周幽静，空无一人，感觉挺新鲜的，现在的柏树林里，已经没有这样的风景了。

如今到这里来的，大多是北京人，外地游客一般都会去前面的祈年殿圜丘回音壁的，很少有人到这里来。柏树林下，成了北京人的天下。天长日久，柏树林中，有很多人踩出来的小径，弯弯曲曲的，曲径通幽，多了生气和生趣。很多棵柏树下，更是被踩平，圆圆的一片，特别像小时候在天桥看过的摔跤或练把式的土场子。

如今到这里来的，已经看不到抱着书本复习功课的人，大都是锻炼的，都是一清早就来，几个人凑在一起，在一棵他们专属的树下，练拳，舞剑，或太极，或气功。多数是住在附近的邻居，或者是同事，退休，或者是下岗了，约好到这里，一边锻炼身体，一边聊聊闲天，消磨时间。学习，已经没有养生保命重要了。

也有耍单帮的，独自一个人，在树下锻炼着自己独创的拳脚功夫。都很安静，踢毽、跳舞、拉琴唱戏那样热闹的，不会到这里来，有另外的去处。如果拿音乐做比，热闹的地方，像唢呐，这里则像古琴，幽静的音响，更多来自内心，缭绕弥漫在柏树林。

有一个妇女，岁数不算大，约莫四十多不到五十的样子，双手一前一后，比画成一个姿势，绕着一棵柏树转圈，缓慢地转，不停地转，眼睛一直盯着那棵柏树，像一头默默拉磨的老驴，只是没有蒙上眼睛。有意思的是，在一直转圈的过程中，她手的姿势始终不变，一动不动，那姿势像《红岩》里的双枪老太婆手舞双枪。

柏树林散发着清新的气息，让春末的天气格外氤氲宜人。

柏树林散发着清新的气息，

让春末的天气

格外氤氲宜人。

古 柏 林

Temple
of
Heaven

我站在旁边看了许久，她目中无人，始终转她的圈。我不知道她练的是哪套功夫。或许是独门绝技。

这时候，我的身边走过来一个男人，瞥了一眼。不知道这一眼瞥的是我，还是那位妇女。然后，他又不以为然而且有些鄙夷不屑地"哼"了一声。不知道这一声"哼"，哼的是我，还是那位妇女。

被他瞥得，哼得，有些心虚，我也走了，跟在这个男人的身后，一直听到他的口中念念有词，只是嘟囔着，听不清他说的什么。快走出柏树林了，听清了几句：还惦记着奔小康呢，自己的身体先糠了……

我跟上几步，和他并排，侧过头问他：您这是说谁呢？

还能说谁？他理也不理我，径直往前走。

我又问：您这是说刚才那位大姐吧？

他没有正面回答，说：天天上医院，今天搭个支架，明天搭个桥，以为时髦呢，好玩呢，净天个儿一把一把地吃药，以为是小孩吃糖豆儿呢！

他不顾我，只顾自言自语：现在想起锻炼了，晚啦！

我接上话茬儿：锻炼，还有什么晚不晚的……

他不满地侧过头看了我一眼：不晚？不晚，早干嘛去了？为了多挣俩钱，命都不要了？现在，想起来天天跟着树转腰子？挣的那俩钱，还不够搭桥吃药的呢！

没错，说的就是那位妇女。不知道，他怎么对人家那么门儿清？很想问问他，他已经大步流星走出柏树林，走远了。

Chapter 7

今夕何夕

进天坛东门，外垣灰墙根儿四周，也是一片柏树林。这一片柏树林一直蔓延到北门，再蔓延到西门，然后和南门衔接，只是从南门到东门至今没能衔接，不如内垣，无缝连接成一道圆。同内垣一样，柏树林前，有一条平坦的大道，大道旁，贴着墙根儿，间或有长椅，供人休息。长椅边上，一般都会有一株大树，夏天遮阴，冬天枯涩的枝干，被阳光把斑驳的影子打在地上，瘦削，有些怪模怪样，像抽象派或分离派的图案。新近，又在长椅边新安置了挂钩架子，方便游人，主要是供晨练的人们挂衣服和书包。

每个月第三个星期天的上午，这里的一块空地，是我们的天下，一连几个长椅前后，会坐满站满我们的人，挂钩上挂满我们的衣服或书包，还会扬起一面红旗，旗子上用黄布绣着几个醒目的大字：黑龙江生产建设兵团 57 团。

我说的"我们"，指的就是黑龙江生产建设兵团 57 团（后来改作大兴农场）的北京知青。当初，我也是其中一员。每个月这个日子，很多知青都会到这里聚会。到大兴去的北京知青，大多数来自当时崇文区的中学，最主要的是 26 中、女 15 中和工艺美术学校的老三届，和天坛中学、109中69届初中毕业生。这些人几代人的住家，不少都在天坛附近，到天坛来聚会，近便。也有后来搬家的，到通州，到大兴，到天通苑，甚至更远到平谷，到燕郊，但仍然愿意跑远路，到这里来聚会。

我不清楚这样的聚会，从哪一年开始。完全自发，开始，很少的几个人，渐渐地来的人多了起来，就像鲁迅说的，走的人多了，地上便有了路，日子便也约定俗成地固定了下来。

这和57团当年担任团副政委的领导每次都来参加聚会有关，她是来自女15中的知青。虽然兵团早已不在，知青们纷纷离开了那片黑土地，不再归属她的领导，但对于知青来说，她还是具有号召力的，仿佛是象征着那段逝去的青春岁月的一枚标本；也像是一棵树，如今长成了一棵老树，人们守株待兔一样，还是愿意到树下来，等待不了活泼兔子撞进自己的怀中，却可以围坐在老树下，重温曾经枝叶青葱的岁月。

一般聚聚，到中午就散了，有的时候，大家会到天坛对面的大碗居聚餐一顿。有酒做伴，聚会才更像聚会，才会有聚会的高潮，才更具仪式感。

最初，大家到天坛来聚会，欢乐一阵之后，就散去，各回各家，各找各妈，没有聚餐这么一说。那时候，家里都各有老小，兜里的"兵力"不足，到外面下馆子，还没有形成习惯。有了聚餐，是后来把儿女养大、为父母送终之后，大家虽然都渐渐变老，但有了闲心、闲钱和闲工夫，又有了怀旧情绪。闲心、闲钱、闲工夫和怀旧情绪，这四样，一样不缺之后，聚餐开始变成了天坛聚会最后一个必不可少的压轴节目。最开始，是到天坛东门南面的全鑫园烤鸭店；后来，大碗居开张，大家又到了大碗居；再后来，金鱼池的老浒记酒楼新张异帜，大家又跑到了那里，口味和心气随年龄一起增长。

最热闹的一次聚餐，是在我们到北大荒五十周年的时候，我们大兴二队的聚餐。那时候，天坛里面有餐厅，类似北海的仿膳和颐和园的听鹂馆，却比那里更为轩豁。正是夏天最热的时节，这里浓荫蔽日，暑气尽消，凉爽逼人。我头一次知道天坛居然还藏有这样的地方。第一次进入皇家园林内这家餐厅的，不仅有我们北京的知青，还有专程而来的上海、天津和哈尔滨的知青，别看只是我们二队的一个生产队的知青，居然有十几桌，气派地摆满在金碧辉煌的古建筑中，觥筹交错，声势浩大，大家的情意心潮逐浪高涨，绵绵长长，恍惚感觉如这里的古建筑的历史一样久远。

这样的聚会，完全是无主题聚会，如果说真的有一个主题，便是友情。青春时期远离父母亲人，又在那么艰苦的地方建立起来的友情，犹如老发面起子，别看搁的时间那么久，只要大家一见面，瞬间便能膨胀起松软的面团，蒸出一屉热腾腾五味俱全的肉馅大包子来。

大家来了，彼此都认识，聊聊过去，聊聊现在。过去友好的，现在更加友好；过去不友好的，甚至曾经反目为仇的，现在也相逢一笑泯恩仇了。青春时发生的事情，好像一个玩笑，像一个肥皂泡，像小孩子搭的一个积木，可以推倒重来。于是，友情一下子在这里得到升华，共同在大兴岛上度过的青春时光，成为友情的根基；天坛，成为隔膜的解毒剂。

还有一种微妙的情绪，会在这样的聚会中悄悄弥散。当年在北大荒单恋、暗恋，或因种种原因相恋而未成的那些人，会在热闹的喧哗中，心照不宣，会心会意，或在打哈哈中一笑而过，或在热烈的拥抱中找回一点儿时过境迁之后似是而非的感觉。在插队知青的回忆中，一直有青春无悔和青春多悔的两种争论。在我看来，无论如何回顾和反思那段岁月无可奈何地失去了多少青春芳华，其中最不带势利和物质因素的单纯的爱情和友情，是北大荒那片寒冷而污浊的荒草甸子里，唯一盛开出的两朵白莲花。

　　老三届的人都已经七十开外，连最小的 69 届的人，都开始往七十上奔了，这样的聚会，除了重温友情和爱情之外，便有了抱团取暖的意思。人老了，孩子们也都大了，便希望有一个解脱孤独的地方，这里成了最好的去处。我们比每天到这里晨练的老人，更多一份精神的收获和心理上的慰藉。特别是，这里是大家缅怀青春的地方，到这里来，一下子重返青春，起码有瞬间的今夕不知何夕的错觉。

　　任何一代人都有权怀旧，致敬自己的青春。只是知青一代越发显得恋旧，而且不愿意孤杯自饮，更愿意聚集到一起抱团取暖。抱团取暖，便是自己觉得有寒意在身，其背后的文化诠释，除了孤独寂寞之外，更多的是对逝去的知青时代一团乱麻的难解难分之情。因此，聚会容易让怀旧淹没了一切，企图以青春的回忆照亮今天的生活，成为后知青时代自造的幻象。天坛的一次次聚会，恍惚之中模糊了回忆与现实的边界。

　　前两年，我们农场知青大聚会后的第二天清晨，一位北京知青突然死去。不能说完全是因聚会所致，大家都喝了很多的酒。但聚会所暗含的悲剧性，如一出剧目结尾处给人意外的一击，还是让我蓦然一惊。就像当年契诃夫所说的，最后一幕枪突然响了，是因为第一幕枪就挂在那儿呢。

Chapter 8

雨　后

上午时分，有很长一段时间，柏树林很清静。晨练的人们散去，柏树林回归自然状态，像幕落灯熄之后的舞台，一下子安静下来，所有的热闹都像是翻滚的水珠儿被吸水纸吸尽。偌大的柏树林，有这种吸水的功能，就像树木可以吸进二氧化碳，再呼出氧气。

一个老爷爷推着一辆婴儿车，走在我的前面，车上坐着一个三岁左右的小男孩。他在问爷爷：怎么今天松鼠还不出来呢？

爷爷说：昨天下了一夜的雨，天有点儿凉吧。

孩子说：松鼠也会感冒吗？

孩子天真的话，总会让我感兴趣。想起那天在北宰牲亭前，一阵秋风吹过，落叶纷纷，一个小男孩跑着追上他的妈妈，说：刚才树叶下了雨！一样的天真，一样的可爱！他们才几岁，还不懂得拟人或比喻的修辞，却有最接近天籁的语言。

忽然，爷爷指着前方不远的一棵松树下，对孩子说：快看，松鼠！

如今的天坛，绿化的生态好很多，比起以前，松鼠、灰喜

一阵秋风吹过，落叶纷纷，

一个小男孩跑着追上他的妈妈，

说：刚才树叶下了雨！

宰 牲 亭
外

Temple
of
Heaven

鹊和各种小鸟，也多了许多，而且，它们也不像以前那样怕人，人们走近它们的身边，它们也不会惊慌地走开。在柏树林里，我看见过很多游人追着它们拍照，它们成了柏树林的明星。

爷爷，在哪儿呢？快推我！

小男孩让爷爷推着他，也去追着松鼠看。兵听将领草听风，爷爷立刻推着婴儿车，向前跑去。这时候，前面草丛中的一群麻雀被惊起，扑啦啦，扑扇着翅膀，齐刷刷地飞过他们的头顶，飞起一道漂亮的弧线。孩子惊奇地抬起头来，睁大了眼睛，禁不住伸出小手，想要够着它们其中一只。

Chapter 9

戴　胜

中秋节前夕，在斋宫里画画，忘了时间。中午过了。该回家吃饭了。

穿过柏树林的林间小径，抄近路，可以尽快走到北门。快走出柏树林的时候，忽然眼前一亮，有两只小鸟，正蹲在地上，寻找草间的虫吃，头不停地动，上下磕头一样。走近，它们没有被惊动，没有要飞走的样子，还在专心致志地做它们的功课，根本没有闲心搭理我。

我看清楚了，是两只戴胜。

它们头顶着扇形的羽冠，棕红色和黑色的斑纹，泄露了它们的名字。紧接着，我看清了它们黑白相间的身子，袅娜地在腾挪跳跃，旁若无人依然故我地啄食。

据说，天坛如今鸟的种类多达五六十种。但在柏树林，见过灰喜鹊、斑鸠、杜鹃和麻雀，我还从来没有见过戴胜这样"高颜值"的鸟。我走过它们的身边，它们还在那里忙乎，我离开它们好几步了，才见它们飞了起来，飞过我的身边，并没有搭理我，而是径直向天空飞去。

或许是我有点儿大惊小怪，它不理我，我理它，回家之后，写了一首喜遇戴胜的小诗：

新妆如画入门深，方觉中秋已近临。
一径花繁多草本，满园客盛少乡音。
玉函方误青春季，金酒杯惊白首心。
归路居然逢戴胜，莫非相约在松林？

Chapter 10

长廊大合唱

很长一段时间，天坛是北京退休或下岗人群一个娱乐的场所。那种娱乐，属于自娱自乐，不管是拉琴、唱歌，还是跳舞、踢毽子的，都玩得很嗨，可见北京人的达观乐天。特别是玩一种皮圆圈的，分为两列，相距十余米，面对面站着，一边用手甩出皮圈，另一边伸出头，让皮圈套进脖颈。皮圈在空中如鹰疾飞，划一道弧线，闪动着从树叶间筛下的阳光的光斑，准确无误地飞进脖颈，常常会惹起围观的游客一片鼓掌惊呼。那情景，颇像我儿时在天桥看过的撂场子耍把式的，真的是有自己的高超技艺。

各种娱乐，各有自己的场所，不会相互交错、干扰。跳舞的，踢毽子的，一般在北门两侧的白杨树下和斋宫前的林荫道上；拉琴的、唱歌的，一般会在东门二道墙前的核桃树下，或祈年殿外的红墙下；甩皮圆圈，只在长廊西侧的松柏树下，因处在游客必经的甬道旁，围观者甚众，特接地气。

如今，众多娱乐项目，大多还在，唯独大合唱被取缔。前两年，天坛整治，防止音量过大，不再允许大合唱出现。这多少有些遗憾。想当年，每逢周末，在长廊中间的位置靠西有一道出口，台阶上下，都会有众多人里三层外三层地围在一起，中间有像模像样的指挥，有指法娴熟的手风琴伴奏。他们唱的都是一些老歌：《我的祖国》《祖国颂》《万泉河水清又清》《八角楼的灯光》《英雄赞歌》《打靶归来》……声势浩大，音量确实不小，如波浪滚滚，冲岸拍天，甚是引人忍不住驻足翘首，甚至忍不住跟着一起大声高唱。很多外国游客更是看着惊奇，纷纷拿出相机手机噼里啪啦地一个劲儿拍照，在外国的旅游景点，他们哪儿看过这样的壮观景象。

对于大合唱，我一直都格外倾心，有一种神圣的感觉，会随着那么多人整齐洪亮的声音里发出，一起如浪如云如雷雨一样连天涌来，总觉得那声音来自心底，也来自天宇之间。人的声音伴随着天风猎猎，回荡在四周，真的会让人感到人的内心原来是可以和天空一样浩荡无边的呀。

我一直认为，合唱的传统来自宗教，中世纪教堂里的格里高利圣咏，开合唱之先河，很多人从童年就参加教堂的唱诗班，据说那时各种各样的合唱曲就有一千六百多首。文艺复兴时期最有名的音乐家帕勒斯特里那，小时候就是唱诗班的成员，成年后所作的五百余首作品，其中大部分是合唱曲。人们对音乐乃至扩展到艺术的认知，多是来自童年的合唱。

老作家林希先生，也格外钟情合唱，从小也是合唱团的团员，他曾经说过："站在合唱队列里，立即有了神圣感。"我特别赞同他的这个说法。这种神圣感，让合唱区别于其他形式的演唱。因为无论西洋或民间或流行的独唱重唱，可以有属于私人化或宏大叙事的种种丰富的情感在内，却难有这样仿若天外之音的神圣感。神圣感需要有一定的人数和空间。

前两年，在长廊有不止一支合唱队，其中一支人数最多，他们手里拿着厚厚的歌谱，唱得格外认真。指挥的年龄不小了（有人说他是从正规乐团指挥的位置退休下来的，也有人说是插队时参加过毛泽东思想文艺宣传队），一脸沧桑，指挥了一个上午，显出疲惫劳累的样子。但是，只要手指在空中一动，像有了魔力一样，完全是另一个人。由于完全出于自娱自乐，没有一点功利，他们唱得就是不一样，发自内心的声音，才属于音乐的本质。

他们常常唱的一首歌是《祖国颂》，那是一首老歌，这首歌确实悠扬动听，他们唱得格外高亢而一往情深：

江南丰收有稻米，
江北丰收有小麦，
高粱红啊棉花白，
密麻麻牛羊盖地天山外……

只要这开头的歌声一起，就会吸引不少游客忍不住加入他们的大合唱中。我也是加入者之一。于是，合唱的队伍会越来越大，歌声也会越来越激荡，成为天坛公园里一大景观。

如今，每次到天坛，只要路过长廊这个地方，我总会忍不住想起当年这里声震于天的大合唱。这样的合唱，成为一个时代天坛的背景音乐。这样的音乐，和当年在神乐署奏响的韶乐完全不同。这样的音乐，让天坛各处角落的音箱中所播放的瑶琴丝弦古乐，多了一分扑面而来的烟火气息。

Chapter 11

祈年殿

从东门进天坛，沿着长廊走，是如今通往祈年殿最便捷的一条通道。

自古建国之制，遵从的是左祖右社。明朝在北京建都，除了在皇宫左右建立了太庙和社稷坛，也就是今天的劳动人民文化宫和中山公园外，还特别在皇宫之南建立了一座天坛，是认为天比祖庙和社稷更为至高无上，或者说天是世界万物包括皇帝在内的统领者。在北京乃至中国所有的皇家坛庙中，天坛的位置居首，是无可争议的。而祈年殿，又是天坛重中之重。无论它的信仰伦理的意义，还是它的建筑艺术的价值，都是绝无仅有的。

曾有这样的说法：自古以来人类创造的奇观，由于连绵战争、不可抗拒的自然灾难和愚蠢的人为毁坏，如今仅存三个，分别是金字塔、长城，以及天坛的祈年殿。

祈年殿，上中下三重，红柱金窗，天蓝色琉璃瓦铺顶，内铺金砖，正中有天然龙形方石。祈年殿外，汉白玉栏杆，也是分为上中下三层，正中的台阶上有龙纹石刻。祈年殿建筑的圆形，自然和古人对天圆地方的理解相关，曾经看翻译家盛成

1936 年写过一篇题为《北平的天坛》的文章中说:"圆的建筑,始于原人时代,古罗马的灶神庙,与祈年殿的形式,可称无独有偶了。北极的土人美洲的土人,以及高卢人的居室,都是圆形的。"接着,他畅想,如果这些人都来到祈年殿前,就是世界大同了呢。这真的是一个关于圆的奇妙的畅想和礼赞。也可以说是为什么有那么多来自全国和全世界的人愿意来天坛看看的一个重要的原因了。

想到好多年没有去祈年殿看看了,秋天,艳阳高照,风暖云柔,穿过长廊,准备进祈年殿,顺便可以画张画。走廊的尽头,朝东有一扇门可以直接进入祈年殿的大院。一位走在我前面正推着轮椅的中年女人,忽然回过头来,走到我的身边,问我:请问从这里进入祈年殿,是不是可以沿路把天坛主要的景点都看完?

我望了望她,和她前面的轮椅,轮椅上坐着一个白发苍苍的老太太,身边站着一位中年男人,猜想着这三人之间的关系,肯定是一对夫妇带着年迈的母亲逛天坛来了。听她刚才的问话,显然是外地人,而且是第一次来天坛。

我对她说:可以的,从这里进去,可以看到祈年殿,然后到回音壁和圜丘,这是天坛主要的三个景点,当年皇上祭天就是在这里。而且,这三个景点在一条线上,你们推着轮椅走方便些。

她谢过我,前去推轮椅。我走上前几步,对她说:我也去那里,我带你们走吧!然后,我问她:你们是从哪儿来的呀?

她告诉我:包头。

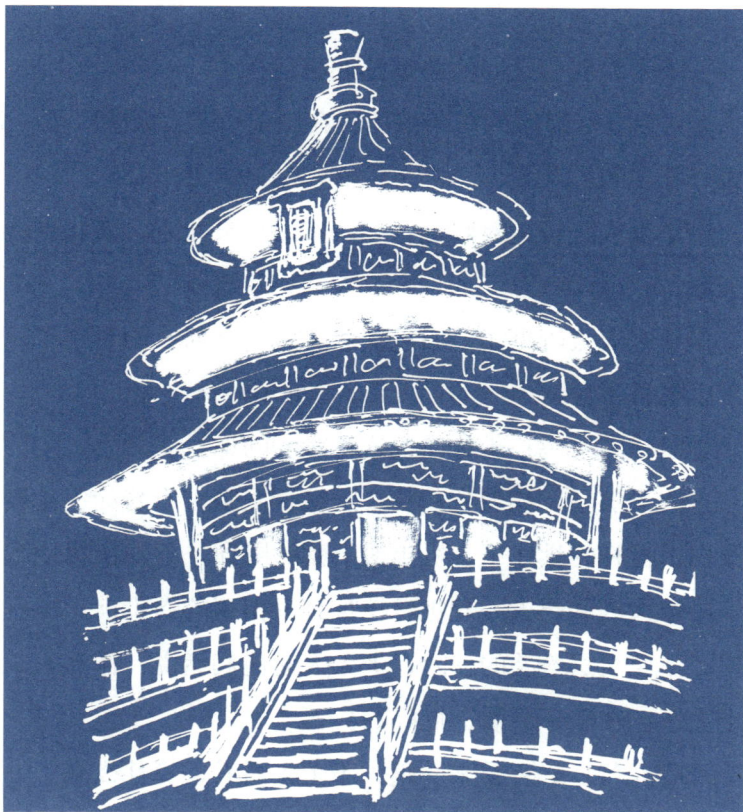

这真的是

一个关于圆的

奇妙的畅想和礼赞。

祈 年 殿

Temple
of
Heaven

我说：包头，我去过好几次，我姐姐当年就在包头工作。

她很高兴地说：是吗？

一下子，我们之间的关系拉近。

走进院子，巍峨的祈年殿出现在眼前，老太太感叹了一句：好大好壮观啊！

中年女人轻轻地对我说：老人家总想来北京，来北京就想看天坛。

话让老太太听见了，回过头对我说：这回真的看到了，死也可以瞑目了！

她嗔怪着：妈！看你净说这不吉利的话！

老太太笑了，接着抬起头，眯缝着眼睛，看着如莲花般层层汉白玉栏杆的烘托下，祈年殿天蓝的殿顶，不知在想什么。

中年女人和男人一起把轮椅推到汉白玉的石阶前。围栏有三道，望望层层叠叠的台阶，老太太对他们俩说：怪高的，就别上去了。在底下看看，挺好的！

那哪儿行！好容易来一趟，不上去看看，算什么来了一趟祈年殿！

女人快言快语，是个性情爽快的人。丈夫站在旁边应和着，俩人弯腰已经一边一个人抬起轮椅，不由分说，把老太太抬了上去。只可惜，祈年殿如今不让游人进去。我滥竽充数给老太太当起导游，简单介绍着，老太太听得很认真。一边听，一边看，还一边不停地问。

从祈年门出来，上下又是好多个台阶，又是这一对夫妇抬着轮椅上下。老太太很有些过意不去地笑着说：看把你们累的，我倒是像皇上坐轿子似的！

女人说：就让你过一把皇上的瘾！

走到丹陛桥上了。我指着最中间的御道对女人说：要把轮椅推到这上边，才是皇上走的道！

女人把轮椅推到中间的御道上，平滑的汉白玉石头被磨得光可鉴人，轮椅在上面推很轻松，犹如在冰面上滑行。正是国庆节的前夕，道两旁摆满了三角梅，紫红艳艳的，开得正旺，迎风摆动，像飞舞着一群群的紫蝴蝶。

我对老太太说：夏天的黄昏时候，北京人愿意到这里，光着脚走在这里，有人还愿意躺在这上面呢。

老太太很有些惊奇地问：是吗？这是为什么？

我告诉老太太：阳光下晒了一天，这御道比冬天的热被窝都暖，人们走到上面，光着脊梁，躺在上面，说是可以治病。

老太太说了句：不知道皇上当年躺在上面过没有？

这话说得有点儿孩子气的调皮劲儿，女人笑老太太：看你说的，哪有皇上光着脊梁躺在这上面的？成何体统！

老太太接着调皮地说：不是说能治病吗？皇上就不得病了？皇上不得病，顺治是怎么那么早就死的？

说得大家都乐了起来。

从回音壁出来到圜丘，没有那么多台阶，只是圜丘又和祈年殿一样有三层栏杆，好多层台阶。女人和丈夫把轮椅抬上去，老太太接着过了一把坐轿子的瘾。

我告诉老太太，当年皇上祭天就是在这里祭的。华盖擎天，龙旗飞舞，前呼后拥，好不热闹。老太太认真听我这半吊子的

祈年殿前公路搭建国庆节的舞台 FUXING 2010.9

正是国庆节的前夕，道两旁摆满了三角梅，

紫红艳艳的，开得正旺，

迎风摆动，像飞舞着一群群的紫蝴蝶。

准 备 国 庆 节 的
祈 年 殿

Temple
of
Heaven

解说，让女人推着轮椅沿着圜丘转了一圈，连连说道：真了不起！值了！值了！像是自言自语，又像是对女人和她的丈夫说。

告辞的时候，老太太示意我俯下身子，她指着女人，悄悄地对我耳语：告诉你，她不是我的亲闺女！他们两口子是一番好意，带我来北京看天坛！

老人耳背，说话的声音自以为很小了，其实还是挺大的，女人听见了，对老太太说：看你说的，我不是你的亲闺女，谁是？

是！是！老太太笑着连连点头。

我有些疑惑。女人悄悄对我说：她是我和我先生的中学历史老师，一辈子没有孩子，丈夫早早去世了，自己孤身一人，就想来北京到天坛看看……

我明白了。看着他们三人一起挤在圜丘的天心石上，眺望着祈年殿，默默地，让天望着自己，让自己对着天，心里忽然非常感动。不是所有的学生都能做到这样的。也不是所有的老师都值得学生这样去做的。

离开圜丘，当时光顾着感动，没有为他们这"一家三口"画一幅画，真的有些后悔。

Chapter 12

邂　逅

　　在天坛逛公园，人山人海中，居然碰见了玉芳。

　　我正坐在长廊上画画，没有认出她来。她迎面走过来，叫着我的名字，我抬起头来望望她，愣了半天神，才想起这个瘦小枯干的小老太太竟然是她。五十一年前，在北大荒，我们在一个生产队，那时候，她才十八岁。后来，她和我们队上另一位北京知青结婚，男的叫国祥，是我的中学同学。离开北大荒回到北京，过去了四十多年，我就没有见过他们两口子，记忆中玉芳和国祥还都是青春的模样。

　　我问玉芳，怎么一个人，国祥没跟着一起来？她站在那里，皱着眉头，撇着嘴，对我开始滔滔不绝：伺候他妈去了，一周得去四天，成主力啦！

　　这话里藏着对国祥母亲强烈的不满。他们两口子的事情，在我们队的知青里传得很多，我多少知道一些。主要的不满，来自他们两口子从北大荒回到北京，住在国祥家一间只有九平方米的小屋里。小屋是顺着正房的山墙搭出来的偏厦。那时候，国祥的母亲住着有小二十平方米的正房。当然，如果仅仅是房子，不会让他们两口子和老人的关系闹僵。闹僵的主要原因，在于儿子出生之后，玉芳上班远，很希望国祥的母亲能够搭把手帮助照看，可是，母亲只管国祥姐姐的孩子，那孩子都四岁了，完全可以上幼儿园了呀。

这口怨气，一直发泄到现在，从玉芳的嘴里热浪一样喷吐在我的脸上。我理解她，她不仅是怨恨国祥的母亲，更是怨恨国祥。因为那时候国祥还一个劲儿地劝她，偏向这么一个不懂情理的老太太。

一直到这样一件事情发生，国祥彻底和母亲闹掰了。儿子八个多月的时候，玉芳下班还没到家，国祥一个人忙乎做饭，让儿子一个人坐在屋檐下玩一会儿，怎么那么巧，一只猫从屋檐上往另一个屋檐上跳，没跳好，掉了下来，正砸在儿子的脑袋上。儿子当场晕了过去，送到医院抢救，颅内出血。儿子的一条小命，就这样瞬间没有了，她和国祥母亲的关系闹掰。母亲但凡能搭把手，儿子能遭此难吗？没过两年，赶上拆迁，搬家之后，国祥和玉芳再没有和母亲有过来往。

都说隔辈人亲，到底那是你的亲孙子呀，世上没见过有这样的老太太的。玉芳还在砸姜磨蒜地数落老太太，说，可是，国祥却一个星期去四天伺候老太太。都说父母一辈子给儿女做马牛，我们可好，一辈子给他妈做马牛……

我听明白了，前两年，老太太中风瘫在床上，需要人照顾。请保姆得花钱，也不放心。国祥上面有三个姐姐，都说自己有困难，谁也不伸头，是国祥担起了伺候母亲的重担，一周去四天，剩下三天，三个姐姐各一天。国祥这提议说出来，三个姐姐都说不出话来了。

可是，你知道我们家国祥有高血压，每次回来累得不行，得在床上躺上一整天，才能缓过劲儿来，刚缓过来，又得去伺候老太太了！这日子哪天算一站呀？你说我能不埋怨老太太吗？当初我们刚回北京时那么困难，你但凡帮我们一把，我们现在伺候你也是应当应分的。一想起过去，我就来气，国祥就劝我。

我问她：国祥怎么劝你？

怎么劝？他就是一句话：她是我妈，我是他儿子，你说我不管谁管？

国祥的这句话，直愣愣的，掉地上砸个坑。可这话里包含着母子之间的伦理，和做儿子的孝道与良知。

行啦，和你磨叨磨叨心里痛快些，我得回去给国祥做饭去了，你快接着画你的画吧。

溜达了一圈，磨叨了一番，天坛暂时稀释了玉芳郁积在心里的一些烦恼和怨恨。

玉芳走了，我怎么也无心再接着画了。

Chapter 13

画　像

那天，我坐在天坛的长廊东端，面朝宰牲亭的外墙画画。一溜迤逦的红色外墙，墙内碧瓦琉璃的房顶，色彩搭配得那样明艳。墙外的绿草坪上，还有一株枝干遒劲参天的古柏，将绿荫斑驳洒在红墙上，静穆，摇曳着岁月悠长的影子。便倚在长廊的红柱旁，画了起来。毕竟手生，画了好半天，也没有画完，眼前的景，落到画纸上，仿佛穿越好长时间。

画得正起劲，笔没有水了。翻翻布袋，没带其他的笔墨，心里有些扫兴，不禁叹了口气，抬起头来，才发现前面围着好多人。正对我几步远的地方，站着一个人，手里拿着画夹，正在画我。旁边的人，不住地抬抬头看看我，又低下头看他的画夹。正应了卞之琳的那首诗：你站在桥上看风景，看风景的人在楼上看你。

我忙站了起来，走过去看他的画，别说，画得真的很像我。看着流畅的线条，再看他手中专业的速写笔和速写纸，还有画夹，我连连赞赏，说他一定学过画。他笑着说：小时候学过，长大后参军到了部队，就再没有画过，退休之后又捡起了。我对他说，我也是退休之后学的画，没人教，纯粹自己瞎画，总画不好。他笑了，对我说，刚开始，我连人物比例都找不准，坚持画，画多了，就好了，熟能生巧，巧能生花！

　　聊起天来，我知道，他比我小四岁，和我一样也常到天坛画画。和我不一样的是，他画得可真多，已经画了一万多张人物速写了。

Chapter 14

梅 妃

进天坛东门不远，往右手方向拐，是如今天坛最热闹的地方。前些年，在这里安放了一批颜色鲜艳的运动器械，来这里锻炼的人很多，特别是早晨，所有的运动器械前后都围着人，几乎人满为患，人声鼎沸。

不过，穿过这里，沿着天坛的二道墙外的墙根儿，再往前走一点儿，便会是一片幽静，像是有潘多拉的魔瓶一下子把所有的喧嚣吸进去滤干净。这里原来是天坛内荒芜的旧地，经过改造，建了几个木亭，木亭缠绕着紫藤，木亭前，是开阔的空地，四周有几个木椅，还有曲径通幽。这里的风格，和天坛其他地方不尽一致，它很少松柏，多了杨柳、国槐、栾树、槭树、桃树、五角枫、核桃树和柿子树，间或还有紫薇和木槿，以及一些灌木，一看便知道都是后来补种的，丰富了天坛原本单一的树种，在一片浩瀚的古朴之中，多了一些现代园林的气息。

对于外地人来说，现代园林，哪儿都有，不必到这里来。对北京人来说，少了游客的踪迹，这里清静，更愿意到这里来悠闲自在地溜达。也有人愿意到这里来，或用录音机伴奏唱歌，或吹奏萨克斯、葫芦丝，或操琴唱戏。琴声荡漾，歌声婉转，唱腔咿咿呀呀，没有让四周变得吵闹，相反令这里更显得几分幽静，所谓蝉噪林愈静，鸟鸣山更幽吧。

一阵京胡的弦声和一个女人如丝似缕的嗓音传来，循声看去，木亭前的木椅上，坐着一个老人，背后站着一个高大壮实的女人。老人很瘦，和那个女人呈鲜明对照，他长髯飘飘，仙风道骨，琴弓如蛇，在手中蜿蜒，琴匣在腿上，如蜷伏的小猫，安详，有几分享受的样子，听凭弓弦在它上面抚摸。老人的面前，摆着一个标准的铁制乐谱架，一只脚下踩着两个木块，这是天坛里所有操琴者标准姿态，木块是他们随身携带的。

这是我第二次见到他们。

第一次，也是在这里，那一次，他们二人在前面的一座木亭里，也是一个人坐着操琴，一个人站着唱戏。那一次，唱的是《李慧娘》。这一次，唱的是《赵氏孤儿》。

我坐在他们对面不远的木椅上，画他们的速写。他们两人都瞟了我一眼，没有搭理我，接着拉他的琴，唱她的戏。都面无表情，也无交流，拉琴的只管拉琴，唱戏的只管唱戏，面对眼前的花草树木，听也无情，唱也无情，好像他们只是习惯成自然，机械地反复完成同一个动作，就像在饼铛上反复烙一张馅饼，烙饼的过程，便是馅饼喷香的过程，也是他们最为享受的过程。

一曲唱完，老人翻动他面前乐谱架上的曲谱，女人雕塑一样站在他身后，一动未动，老人也不问她，翻到其中一页，操起琴来，拉过过门儿，女人跟着就唱起来，配合得倒是很娴熟，仿佛节目单安排妥定，曲目早已经编排好，水到渠成。

天坛地方轩豁，

林深叶密，

适宜珍藏。

天 坛 歌 者

Temple
of
Heaven

这一曲，我没有听出唱的是什么。说不上多么动听，却腔调婉转，咿咿呀呀，老戏的味道很足。等这一曲唱完，我的速写也已经画完，拿起画本，走到他们的面前，想让他们看看像不像。

他们看见我走过来，却并没有要和我交谈的意思，好像不希望有外来者闯入，打断他们唱戏的进程，并不需要这时候有人登台为他们献花。女人还是那样雕塑一般站着，没有看我，只有老人冷冷地瞟了我一眼。

我只好合上本，觍着脸，没话找话地对老人说：您拉得真好，今年高寿了？

他没有理我。女人也不搭腔。除了唱戏，他们都惜字如金，不愿意多说戏外的一句废话。本来想如果说起话来，就和他们多聊几句，看样子，俩人是天坛里的常客，老人年岁不小，女人也就五十来岁的样子，是怎么碰到一起，到这里唱戏的呢？或许，能聊出点儿故事来呢。他们二位确实让我的好奇心膨胀。每个人都有自己的故事，或许，有些故事，是专属于他们自己的秘密，只需自己珍藏，无须外人打搅。天坛地方轩豁，林深叶密，适宜珍藏。

他们没有搭理我的意思，我只好自己给自己找台阶下：有八十吗？

老人头也不抬，一边翻动着曲谱，一边对我说了句：八十多了！

曲谱可真够厚的，一页页都是手抄录的，而且都用简谱标明。老人的枯瘦如柴的手指停在其中一页上，我看清了，是《梅妃》的唱段。

　　琴声响了。女人咿咿呀呀跟着又唱了起来。

Chapter 15

神乐署和斋宫

　　和其他皇家园林相比，天坛园子轩豁，地方空阔，游人再多，散落开后，一下子被稀释，显得很清静。而且，古树多，浓荫遮蔽下，有灰喜鹊飞起飞落，斑鸠啁啾鸣叫，显得古意悠远。更主要的，还有碧瓦红墙，对于画画来说，它们的色彩和线条，最适合不过。

　　我去得最多的地方，是神乐署和斋宫，以前分别是皇上祭天时演奏音乐和做斋饭的地方，皇上到天坛祭一回天，又吃又喝还得听韶乐，得闹这么大动静。如今能到这里来，似能看到皇上私密一点儿的东西，隐约能触摸到与苍天与神祇遥相呼应的些微神秘一点儿的东西。不过，我对这些东西兴趣不大，之所以常到这里来，是因为这里清静。比起热闹的祈年殿和回音壁，这里地处偏僻一隅，一般游人很少到这里来。

　　神乐署有一段不堪的历史。它的墙外，抗日战争期间，曾经一度为日本侵略者的细菌部队所在地。在韶乐萦绕之地，居然有人干出如此丧尽天良之事，让细菌滋生蔓延，如今的人们是难以想象的。很多恶往往愿意借助美产生。

　　神乐署比斋宫要开阔，但格局相对明朗简约。后院，有一株粗壮的古槐，初夏时分，槐花一地如雪，映衬着大殿红色的后墙，色彩对比得那样明艳，仿佛白发红颜，将已经逝去的悠长岁月人生化，使其有了具体的形象。

那天，我坐在槐树对面的石阶上，面对这株古槐和这面红墙。院子里静悄悄的，没有一个人，能听见风轻轻吹动树叶的声音，那真是最为惬意的时光，仿佛整个园子独属于我一个人，如此享受一把皇上的感觉，是何等的奢侈。再一想，皇上哪有坐在石头台阶上的，最起码，也得坐一把龙椅，有宫女递上一杯香茶，站在身后扇扇子吧。不觉哑然失笑。

斋宫格局设计得更为讲究，有红墙双重，御沟两道，庭院深深，别有洞天。外还有弯弯的玉带桥，三面有宫门，背后有狭窄一线的防火道，御墙两重，可谓森严备至。

进斋宫大门，有一地密荫匝地的龙爪槐，再进里面便是在雕栏玉砌簇拥中的敬天大殿。这是斋宫的主要建筑，是一座无梁殿。这样的无梁殿，如今在全国也所存不多。不过，众多北京人愿意舍近求远到南京看无梁殿，却往往忽略掉了近在身边的它。皇上来天坛祭天，先要住进斋宫，之所以称之为斋宫，秉承的是古训：洗心曰斋，防患曰戒。虔诚敬畏之心，首先是要求于皇上自身的。

敬天大殿两侧，有左右对称相互环绕曲径通幽的园林。春天，盛开着西府海棠；夏天，也有紫薇和广玉兰开放。这里的设计更像天坛的园中之园，既有皇家气派，又有文人风度。我最愿意到这里画画，一画画上半天，每个角落，每个角度，每段红墙，每株花木，都可以入画。

这样的无梁殿，

如今在全国也所存不多。

斋 宫 敬 天 殿
一　角

通往左右园林，各有一段红墙和一个月亮门，门前门后，花木扶疏，成为人们照相的好去处。那天，我看见一对年轻的情侣在那里拍照，女的站在门中央，双手扶在圆门内的墙上，伸出一条腿，摆出一个姿势。男的骑马蹲裆式，站在不远处用手机为她拍照，拍了好半天，也没有照完，不知是照的次数多的缘故，还是想抢一个最美的镜头。女的姿势摆得都有些累了，显得不耐烦，冲着男的不住喊：还没照完呀！

我抢下这个镜头，把这一对情侣纳入画面。画得匆忙，还没有画完，他们走到我的身旁，凑过来，看我的画。男的说：画得挺好的。女的噘着嘴说：不大像。她是嫌我把她的腿画短了。男的指指我手中的画本问：这一本都是你画的？够厉害！我知道，他是在有意安慰我一下。

Chapter　16

斋宫之冬

　　冬天来之后，到天坛画画，有些凉。但画画上瘾，还是忍不住去天坛画画，斋宫，还是我的首选。

　　那天去斋宫后院，坐在皇上寝宫门前的石台阶上，画前面的垂花门和院子里的西府海棠。虽然特意选择大中午来，但这里背阴，没有阳光，小风吹来，冷飕飕的。我把装速写本和画笔的提包垫在屁股底下，权且隔寒。

　　我视斋宫为天坛的园中之园，可以和颐和园的谐趣园、香山的静宜园相媲美。和它们相比，这里虽然缺水，但高大的敬天大殿和古色古香的鼓楼，还有肃然威严的戒斋铜人，却是它们无可比拟的。

　　如今，这里整修得很漂亮了，院子里的西府海棠，还有一些玉兰和紫薇，都是这些年新栽上的，枝干还纤细，显得亭亭玉立，属于青春芳华，远不够沧桑。想想，以前八国联军入侵北京城的时候，斋宫成了英军的司令部，斋宫最外面的一圈回廊里，住满了荷枪实弹的英军士兵。他们还硬是把原来在马家堡的火车站移到天坛，把小火车开到了这里。这里离皇宫近便，沿着中轴线，不出三四公里，火车就能直捣龙庭，开进皇上的被窝里了。民国期间，斋宫又变成了农工商部开设的农林实验基地。想想，如果皇上还在的话，看到自己的斋宫被时而这样时而那样地随意更张改弦，变成如此不堪的模样，还不得气晕过去。

坐在如今花木扶疏的院子里，那种新旧交织、古今错位的感觉，特别明显，也格外让人徘徊流连，沉吟不已。

寝宫是乾隆年间建，红门红窗红柱绿瓦，房不高，门不宽，台阶只有两级，和普通房屋无异，如果不是有绿琉璃瓦铺顶，简直看不出是皇家建筑。和其他各地的行宫相比，和前面的敬天大殿相比，极尽平易谦卑之态，这便是天对于古人的威严高悬之意。如今，寝宫大门紧闭，不对外开放。想当年，这里曾因烧炕起火，皇上命令以后再不许用柴烧火。想皇上祭天是在冬至之时，寒天寒地的，居然要睡凉炕。嘉庆皇上住在这里时有诗说："一宿益恭谨，圆坛对越虔。"睡完一宿凉炕，还要恭谨拜祭圆坛，当皇上也不那么容易呢。

这里游人很少，很是幽静，只有风吹树动，疏枝横斜，印在地上的影子斑斑驳驳，随风晃晃悠悠；已经稀少的树叶，在寒风中飒飒细语，诉说着我听不懂的悄悄话。还有，便是一位保安，有时到院子里来回巡视，有时坐在我对面宫门的垂花门下的廊椅上休息。走到我跟前的时候，会朝我的画本瞟两眼，什么话也不说，转身走去。

如此清静，仿佛世外桃源，画得我怡然自乐，不知有汉，无论魏晋。实在有些凉了，也画得差不多了，我便起身打道回府。回到家里，才想起来，垫在屁股底下的提包忘记拿了。那是前几年在成都参观金沙遗址博物馆买的一个纪念金沙历史的提包，包上印着金沙遗址的图案。虽没有多少钱，却是难得的纪念。肯定让人捡走。要是皇上还在，一觉醒来，走出寝宫，看见台阶上这个提包，兴许会让太监捡起来，看看不错，留作宫内赏玩，也还是挺有趣的一种遐想呢。想到这里，不觉一笑。

　　几天之后，我又去斋宫后院画画。天更冷些了，更没有什么游人。这回我带来一本厚厚的旧杂志，垫在屁股底下，忘了就忘了。埋头在那儿画了一会儿，一个声音传来：师傅，这是你落在这里的吧？我抬头一看，是个保安，手里提着那个金沙遗址博物馆的纪念包。我赶紧站了起来，接过包，谢过他。对着他端详着，却记不清前几天坐在垂花门下的那个保安是不是他。

Chapter 17

售 票 姑 娘

到神乐署参观，需要另买门票。售票处在神乐署前巨大的影壁一侧。

有一次，我和孩子一起那里参观，我到售票处买票。售票处的窗口里传出来一个年轻姑娘的莺声燕语，好心提醒我：您不用买票，凭您的身份证或老年证，可以直接进去。

我谢过她，告诉她是给孩子买票。

售票处的窗口很小，是一个小圆口，我看不见坐在里面这位姑娘的面孔。但是，一直都觉得她是位天坛的美女。

很久很久，我都这样想象着这位年轻姑娘，心里总会有一点儿温馨和温暖。生活中的温馨或温暖，有时候，就是这样小，这样简单。

Chapter 18

神乐槐

神乐署的后院有一株老槐树。我有些奇怪，为什么它长在高出地面的一座高台上，四周用围栏围起？一般的树应该是就种在院子当中，和地面平齐才对。或许，真的是老树成精？才会如此"出人头地"，长成这样超常规，不按常理出牌的样子。

我曾经三次画过它。

一次是夏天，满地槐花如雪。

一次的秋天，满树黄叶飘飘。

一次是冬天，满枝满丫瘦骨嶙峋，敲打着寒风，发出铜管乐一样清越声响，在空旷的院子里寂寂地回响。

冬天，觉得它像一个老人，历尽沧桑，却依然不甘屈服于命运，即使没有了茂密的树叶，枯枝借助寒风，也能发出音乐般的声响——这就不是每一个老人能做到的了。如今的老人，更重视养生，明哲保身，已经变成保命。

秋天，也觉得它像一个老人。黄叶黄得不如银杏叶那样明亮如金，也不如石楠和杜梨树叶那样油亮如漆，更没有梧桐树叶那样阔大如扇。细碎的叶子显得像衰老而萎缩的身子，枯萎在枝头，瑟瑟在秋风中发抖；或零落在地上，一任扫帚扫去，

它不动声色，

枯寂地立在那里，

和万古明月默默对视。

神 禾 槐

那样动人哀怜。

秋天和冬天的它，像是老人的两个侧面，或者是两个不同的老人。这时候，我几乎忘记了它是一株古树，把它当成了身边的老人，或者自己。自己也无可奈何地老了。

夏天，看到它满树满地槐花如雪，觉得它不像老人，像是一位风姿绰约的妇人，那样风情万种，特别是风中还会带来微微的槐花的清香，尽管香味远不如洋槐花。

秋天，我在画它的时候，身边走过来一对年轻人，他们没有看我作画，只听那个男的指着老槐树对女的说，这棵槐树，是北京城四大古树之一。

我不知道他说的是否准确，但它确实是一株有六百年以上高龄的古树。在神乐署，它被尊称为神乐槐。奇怪的是，我从来没有觉得它有那样的古老和神性。

只是有一次，是冬天的黄昏，一弯上弦月已经迫不及待地升上神乐署的上空，居高临下地俯瞰着它。它不动声色，枯寂地立在那里，和万古明月默默对视。它已阅尽春秋，心如止水。

忽然想起日本作家德富芦花写过的一句话："仰望天空，古钟楼上，夕月一弯，淡若清梦。"他写的是梅花，是在古钟楼，不是槐树，不是在神乐署，却让我觉得移植到这里，很是合适，特别是"淡若清梦"四字，不仅可以说是夕月一弯，更可以说是古槐树。那一刻，这棵古槐，更具有古老和神性之意。

Chapter 19

小红旗

十月一日，建国七十周年大庆。我去天坛画画，人多，花多，红灯笼多。从北门进到二道门，大道两旁的银杏树上挂满了红灯笼，很是喜兴。沿路往南走，一路摆满月季和菊花，草地上，新栽了鲜艳的鼠尾草、孔雀草、串红、雏菊、小凤仙花等品种繁多的草本小花。径直走到正对丹陛桥的宽阔甬道上，两旁更是摆上了硕大的花盆，盛开着各色鲜艳的花朵。天坛，到这个时候，最是姹紫嫣红，一扫平时一色苍绿古老却有些单调的样子。

一辆清洁车停在甬道旁，车把上插着一面小国旗。清洁工是位中年妇女，身穿一身工作服，正扶着清洁车，端着个保温杯在喝水。川流不息的人群，如潮水般在她身边涌动，来来往往，根本没有人看一眼身边的这位清洁女工。清洁女工也没有看这些匆匆忙忙的游人，而是望着远处不知什么地方，也许，她什么也没有看，只是有些累了，休息一会儿。

一个女外国游客，年龄不算小了，背着沉甸甸的双肩包，胸前挎着个单反相机，走过这位清洁女工的身边，忽然停住，端起相机，微笑着对清洁女工打了个招呼，示意想为她拍照。

清洁女工非常高兴，整理整理自己的工作服，站在清洁车旁，冲着镜头微笑着。

外国游客说了句洋文，女工听不懂，但看这个老外不停比画着的手势，明白了，是要她把插在车把上的那面小红旗拿在手里。她把小红旗拿下来，扬在手里。"咔嚓"，照好了，老外朝她竖起了大拇指。

来来往往那么多人，只有这个老外注意到了她，还特意为她拍了照。她会有些感慨？有些感动？或许，她根本没有想这么多。她推着车，又去干活儿了。

Chapter 20

甬道旁

很有意思。还是在直通丹陛桥的甬道。

甬道上，有四排树木参天，四列浓荫匝地，夏日里开阔风凉。我坐在道旁的长椅上，画树木摇曳中的西天门，绿树掩映下红色宫门若隐若现，如一位身穿红裙的女子袅袅婷婷，很是朦胧好看。

一位高挑瘦削的中年女人，从我的身前走过，又回过头看了我一眼，停下了脚步，然后问我：您就是肖复兴吧？我点点头。她说，我看过你写的好多文章。然后，又夸了我几句。素不相识的不期然的邂逅，让我像受到老师表扬的小学生，浅薄的虚荣心一时泛起，笔下竟多了几分轻盈。

Chapter 21

小老板

在通往祈年殿的甬道上画画，人来人往，容易捕捉到各色人等，也容易遇到熟人。

中秋节前几天，一个星期天的上午，我来甬道画画。那天正好是白露节气，天不错，响晴薄日，逛天坛的人很多。我喜欢人多，特别是这种节气里，人们穿的衣服色彩都比较鲜艳，那些大妈级的舞蹈家们，抱着录音机，踩着音乐般的步点儿，会成群结队穿过大道，到两旁的树荫下载歌载舞。那些年轻些的姑娘们，更会穿着时髦的衣服，挥舞着花色纷呈的纱巾丝巾蜡染的围巾，跑到丹陛桥、祈年殿去拍照。虽无当年皇上带头祭天的神圣感，却接地气，让古老的天坛有了烟火气，如同一只大鹏神鸟飞入寻常百姓家，想如今的老天爷也是不会生气的。

大道两旁的椅子几乎都有人坐，一路往西，快近西天门，才找到一张空椅子坐下。一张画还没有画完，忽然看见从西天门走进来一个健壮的男人，很像我们社区前那条小街上水果店的小老板。大家都叫他"老板"，其实，开的就是个夫妻店，两个人从山西农村老家来北京打拼，辛苦经营，进货新鲜，价钱合理，说话又甜，把一个小小的水果店经营得风生水起，也不简单。附近的人们都愿意到他店里买水果，我就是其中之一，常来常往，和他们两口子很熟悉。

两口子年龄都三十出头，可已经有了三个孩子，头一个是女儿，丈夫一直想要一个男孩。后来女儿快上小学了，政策允许生二胎了，他们赶紧要二胎，今年年初二胎生下来了，没有想到是双胞胎，还都是女孩。希望中有失望，但看着双胞胎生龙活虎地一天天长大，还是很喜兴的。看着他们两口子一边卖水果，一边摆弄着在柜台上乱爬的双胞胎，一副宠辱不惊乐天的样子，让来买水果的那些至今忧心忡忡连一个孩子都不敢生的北京人，是又羡慕他们的勇气，又担心他们的未来。

老大今年九岁了，他们两口子来北京的年头，比老大的岁数还多出两年。这么多年，两口子不是忙活卖水果，就是忙活生孩子，一直没有到北京公园里逛逛。我和他们聊天时，他们两口子说最想去的地方，一个是天安门，一个是天坛。去天安门是为了看升旗，去天坛是为了看祈年殿。两个地方，一个字，天，都是去看天！还有比天大的地方吗？没有。可是，这么多年过去，两个地方，一个也没有去成。还有比挣钱更大的事情吗？没有。

他们叹口气。我开玩笑说：你们多好，收获了三个孩子，哪个北京人能赶上你们？说得他们都笑了。

今天，他们终于来天坛逛逛了。真的是难得。

可是，我望了望，只有老板一个人，没见他老婆跟着。心想，得有一个人看店。又想，老板也真是的，不让辛辛苦苦给你生了三个孩子的老婆来天坛，自己一个人来了，这心也真够大的。

等他稍微走近些，一看，他的身边跟着一个女人，和他老婆年龄相仿，但不是他老婆。他们一人手里举着一串糖葫芦，高高兴兴地边走边说着什么开心的话。好家伙，不陪自己的老婆，反倒陪别的女人逛天坛。幸亏他们只顾自己的开心，没有注意坐在道旁的我。我像自己做了什么亏心事似的，赶紧低下头画画，避免让他撞见，彼此尴尬。

　　第二天，我到小店买水果。买水果是其次，是想看看会不会因为昨天老板和另一个女人出现在天坛，小店里发生什么些微的变化。两口子都在，老板推荐说新进来的玫瑰香不错。他老婆说新进的青芒也不错。看到没有什么事情发生，心里嘲笑自己怎么那么居心叵测，还非想看人家的热闹不可吗？

　　我买了点儿玫瑰香和青芒，走出小店，老板跟了出来，悄悄地对我说了句：我昨天在天坛看见你了！然后，诡秘地一笑，转身去上货了。

　　我到现在也不明白他和那个女人逛天坛是怎么一回事。或许，老板娘知道，那么，他们三个人是知根知底的，那女人不是老乡，就是亲戚，好不容易来北京一趟，怎么也得"舍命陪君子"，陪人家逛一次公园。要不，就是老板有什么猫腻，瞒着老婆，陪人家偷偷地逛天坛。不过，一去半天，把老婆孩子丢在店里，能瞒天过海吗？这么一想，便越发嘲笑自己的想法实在有些猥琐。但也不能这么贬低自我，从心里，我还是希望有一天，在天坛看见他们小夫妻两人闲逛，可以不举着糖葫芦，但牵着三个孩子的手。

Chapter 22

凤仙花

在通往丹陛桥的这条甬道上，确实容易碰见熟人。

那天上午，遇到了一位老街坊。多年未见，相见甚欢，坐下来，闲聊起来，聊到我们老院的小鱼。"小鱼前些日子走了，你知道吗？"我听了一惊，小鱼只比我大两岁，怎么说走就走了呢？

那天上午，我坐在那里，眼前总是晃动着小鱼的身影，没有心思画画。

那时候，我和大院的孩子们都管小鱼叫"指甲草"。这个外号，是我给她取的。

指甲草，学名叫凤仙花。凤仙花属草本，很好活，属于给点儿阳光就灿烂的花种。只要把种子撒在墙角，哪怕是撒在小罐子里，到了夏天都能开花。凤仙花开粉红和大红两种颜色。女孩子爱大红色的，她们把花瓣碾碎，用它来染指甲，红嫣嫣的，很好看。我一直觉得粉色的更好看，大红的，太艳。那时，我嘲笑那些用大红色的凤仙花把指甲涂抹得猩红的小姑娘，说她们涂得像吃了死耗子似的。

放暑假，大院里的孩子们常会玩一种游戏：表演节目。有孩子把家里的床单拿出来，两头分别拴在两株丁香树上，花床单垂挂下来，就是演出舞台前的幕布。在幕后，比我高几年级的大姐姐们，用凤仙花给每个女孩子涂指甲，还要涂红嘴唇，男孩子也不例外。好像只有涂上了红指甲和红嘴唇，才有资格从床单后面走出来演出，才像是正式的演员。少年时代的戏剧情景，让我们这些半大孩子跃跃欲试，心里充满想象和憧憬。

特别不喜欢涂这个红嘴唇，但是，没办法，因为我特别想钻出床单来演节目，只好每一次都让小姐姐给我抹这个红嘴唇。凤仙花抹过嘴唇的那一瞬间，花香挺好闻的。其实，凤仙花并没有什么香味，是小姐姐手上搽的雪花膏的味儿。

这个小姐姐，是我们演节目的头儿。她就是小鱼。

我既有点儿讨厌她，又有点儿喜欢她。那时候，小孩子的心思就是这样复杂。讨厌她，是因为每一次演出她都像大拿，什么事情都管，总嫌这个孩子唱得不够好，那个孩子跳得不够高，好像她是个老师。大院里的演出，又不是舞台上正式的演出，哪有什么标准，不就是一个玩吗？喜欢她，是因为她长得好看，我们大院里的老奶奶说她长得像年画里走下来的美人一样；还因为，给我抹红嘴唇的时候，她手上那种凤仙花的香味儿。

现在想，那时候给她取外号，为什么不叫"凤仙花"，偏偏叫"指甲草"呢？她应该是一朵花，不是一根草的。不过，那时候，不懂事，我不是成心要把她贬低为一根草的。那时，我根本不知道指甲草的学名叫凤仙花。

我读小学五年级的时候，她读初一。有一位拍电影的导演到她的学校里挑小演员，相中了她，让她跳了一段舞，又唱了一段歌，当场就定下了，让她回家跟家长商量一下，家长如果同意，就带上她到剧组报到。学校老师很高兴，这是给学校扬名的好事。她自己当然更高兴，她本来就喜欢唱歌跳舞，喜欢演节目嘛，马上就可以当一名小演员了，这不是跟天上掉下了馅饼一样！

没有想到，她爸爸妈妈都不同意。他妈妈是医院里的护士，她爸爸是个工厂的技术员，两人意见一致，都觉得演员就是戏子，不是正经的事由。当学生，就得把学习成绩弄好，将来上大学，才是正路子。他们都是那种信奉"万般皆下品，唯有读书高"的老派人。她爸爸就是大学毕业，她妈妈就是看中了爸爸是个大学生才嫁给他的。

正如白天不懂夜晚的黑，大人们很难懂得小孩子的心思。爸爸妈妈的不同意，竟然让小鱼的命运发生了根本性的变化，这是当时包括小鱼在内的我们大院所有人都没有想到的。说起小鱼，街坊们都会叹口气说："咳！老天真是不长眼呀！"小鱼并没有如爸爸妈妈期待的一样考上大学，实际上自从初一演员梦的破灭之后，小鱼的学习成绩就开始下滑。高中毕业之后，小鱼先在一所小学当音乐老师，后来又跳槽到文化馆工作，都和表演沾点儿边。但她并不快活，她的不快活，又波及她的爸爸妈妈。因为无论爸爸妈妈怎么催，怎么帮助她找对象，她都没有心思。她一辈子都没有结婚。

那年，我从北大荒回到北京当老师，她还不到三十岁，风韵犹如当年。说老实话，如果不是我在北大荒有对象，真的有心想找她。可是，我知道，她看不上我。她能看得上谁呢？

后来，她爸爸单位分了楼房，一家人搬走了。我很少再见到她。后来，听说她得了病，人消瘦了很多，甚至脱了形，再也没有当年漂亮的模样了。当时，人们都不大懂，她自己也是乱吃药，现在想想，她得的应该是抑郁症。

她的爸爸妈妈都过世得早，老街坊们都说，如果不是因为她，不会这么早就过世的。但是，我说，如果不是因为她的爸爸妈妈当年拦腰斩断了她的梦想，她不会有这样的命运。

不过，命运是什么呢？谁也说不清。街坊们常说命运就是老天爷早就安排好的。一个人的命运，对比浩瀚苍天，真的是微不足道。

如今，她走了。也许，是一种解脱吧。我的心里，却总不是滋味。她本是一朵花，最终成了一根草。怨谁呢？我们作为普通人，本来都属于一根草，难道就不应该做一朵花的梦吗？

那天上午，我枯坐在天坛通往祈年殿的大道旁，一张画也没有画出来。

Chapter 23

每一首诗都是重构的时间

其实，在天坛别的地方也容易碰到熟人。童年居住地的街坊邻居，上小学中学时的同学，家都在附近不远，后来搬家搬到别处的有一些，但顽强留在附近的老房子里，和恋旧买新房也要买在附近的人，是更多的一部分。如今，都到了退休的年龄，到天坛里遛弯儿和锻炼的人，自然就多。

春末时分，我坐在月季园前的藤萝架下画画，紫藤花一嘟噜一嘟噜地垂挂下来，映得画本上紫云浮动，很是好看。忽然，一阵叽叽喳喳的欢笑声后，隐约听见有人说起我的名字："这不是肖复兴吗？"我抬头一看，是几个女人在月季前照完相，径直向藤萝架走过来。走近一看，原来是齐家姐妹。我忙放下画本，站起身来，招呼她们。

齐家姐妹四人，原来住在天坛东侧路的简易楼里。她家三姐和我年龄相仿，又爱好文学，和我很熟悉，成为朋友。二十世纪七十年代，我从北大荒回来，常到她家去，聊聊闲天，借本书看。她家藏书不少，我从她家借来的《巴乌斯托夫斯基选集》和厨川白村的《苦闷的象征》，还有几本河北的文学老杂志《蜜蜂》，给我留下深刻的印象。有时，我也把自己写的一些歪诗拿给她看。那时，我们二十多岁，残酷而残存的青春期，处于尾巴阶段，便踩着这个尾巴自以为青春不老大树长青一般，还读诗，爱诗，并信奉诗，借诗行船，让自己能够行得远些，便惺惺相惜，在寒冷的暗夜里，相互给予一点儿萤火虫一般微弱的亮光闪动的鼓励。

那时，齐家小妹很小，大概还在读初中，我几乎没有注意到她会躲在一旁悄悄听我们的交谈。

齐家三个姐姐倒是还常见，齐家小妹，只是二十多年前偶尔见过一面，已经这么多年没有见了。刚才说话的就是她，她的模样变化不大，算一算也是六十多的人了。我听她姐说过，时代转型期，企业纷纷凋零，她所在的木材厂倒闭后，她下岗，却没有像有些下岗职工一样，无所事事，得过且过，天天到天坛里来跳舞打牌，或悲观丧气，天天闷在家里斗气。国家转型，她自己也转型，靠自学考上了首都师大的业余大学，学习教育学，重新规划人生，虽艰苦但咬牙坚持，很快在一所大学里找到了新的工作，如今成为独当一面的能人，想退休不干，人家都不让，拼命挽留。

齐家小妹一把握住我的手，对她的三个姐姐说："这是我的男神！"

这完全是如今年轻人流行的语言，说得我很不好意思，连忙摆手说："什么男神，还门神呢！"

齐家三个姐姐都笑了。

她却指着我对三个姐姐很严肃地说："是真的，是男神！那时候，他总到咱家去，拿给三姐看他写的诗，好多诗我都抄了下来。你们可能不知道，我把诗抄在一个大横格本上，有事没事，都会拿出来看。虽然那时我年龄小，有些看不大懂，但有一句诗：纵使生命之舟被浪打碎，我也要把命运的大海游渡。过去了快五十年了，我还记得清清楚楚。这句诗一直鼓励我，遇到什么困难，都要有勇气和信心，没有过不去的火焰山。我下岗那时候，就是这句诗鼓励了我，过去了这个坎儿！"

她一口气水银泻地说了那么多，说得很真诚，我很感动。五十年前的一句诗，居然有这样大的魔力？如今，我自己都有点儿不相信，但是，五十年前，或者四十年前，甚至三十年前，一句诗，真的对于我们就有着这样的魔力，可以温暖我们，慰藉我们，鼓励我们，甚至激动着我们，可以像安徒生童话说的，如一只温暖的手，让冻僵了的玫瑰花重新开放。如今，早不是诗的时代，诗已经被顺口溜儿和手机短信里的段子所代替。她提起这句诗，居然还会如此激动？

分手之后，回到家里，我怎么想，也想不起这句诗来了。我手机微信询问齐家三姐，她问了她家小妹，回复我这句：

纵使生命之舟被浪打碎，
我也要把命运的大海游渡。

我端详起这句诗来，怀疑它是不是我写的，如果真的是我写的，怎么一点儿都记不起来，甚至连一点儿模糊的影子都不存在了呢？就因为时间过去了快五十年，太久了，记不起来了吗？

我再次手机微信询问齐家三姐："这是我写的吗？我觉得不是我写的。"她再次问了她家小妹，回复我说："她说了，就是你写的，肯定是你写的！"

我像突然领回一个失散近五十年的孩子。可是，它却曾经如一个弃妇，早被我抛落在遗忘的风中。

想起《布罗茨基谈话录》一书中布罗茨基说过的一句话："每一首诗都是重构的时间。"这句诗，重构了五十年前的昨天，也重构了五十年后的今天，前后两个时间是那样的不同，不同得连我们都有些不认识了。布罗茨基还说："时间用各种不同的声音和个体交谈。时间有自己的高音,有自己的低音。"那么，哪个时间算是我自己的高音和低音呢？

我想了想，五十年前，写诗的时候，正是我在北大荒前路渺茫的时候，应该是时间的低音。那么，五十年后，就应该是物极必反的高音了吗？但是，我却将这句诗忘得一干二净，连一点儿渣滓都不剩。其实，这更是低音。难道不是吗？

所幸的是，齐家小妹让这句诗重构的时间，有了专属于她自己的高音和低音，便让这句拙劣的诗有了时间流逝过后留下的倒影。

Chapter 24

夏日藤萝架

　　天坛里，有好几个藤萝架。藤萝爬在白色的木架上，春末夏初，紫藤花一穗穗地缀满其间，将木架遮掩得密密麻麻，形成了一个花廊。这是最漂亮的时候。藤萝花落尽，绿叶满架，洒下一片绿荫，从夏天到秋天，依然有不错的景致，到这里来观赏的人络绎不绝。因架下有一圈白色的木椅环绕，到这里乘凉歇息的人也很多。

　　月季花坛前的那个藤萝架，是我最爱去的地方。不仅月季花四季花开花落不间断，芳香缭绕；藤萝架的前面，还有两棵古老的雪松，和其他笔直参天的松树不同，它像一个胖罗汉，撑起圆圆的硕大的树冠，洒下一片巨大的荫凉，连带着把藤萝架都照得绿意蒙蒙，夏天的时候，最是风凉。

　　那天中午，我坐在那里画画，忽然，一阵风似的来了一帮女人，先是说说笑笑的声音朗朗传来，就像《红楼梦》里的王熙凤出场那样先声夺人。紧接着，她们像一群花蝴蝶一样，飞进藤萝架中，纷纷落座在我身边的椅子上。大约得有七八个人，她们面对面分坐在两边的椅子上。说她们是花蝴蝶，是因为别看都得有六十开外的年纪了，比年轻人都格外敢穿。正是夏末

RuXing 2010.8.8 立秋于天坛

紫藤花一穗穗地缀满其间，

将木架遮掩得密密麻麻，

形成了一个花廊。

藤 萝 架 下

Temple
of
Heaven

时分，不冷不热，个个描眉打鬓，打扮得越发俏丽，比赛似的，把各自拿手的花衣裳都拿出来披挂上阵。是典型北京大妈三件套的装扮：花衣裳、花围巾和太阳镜。

刚刚坐下，她们便不甘示弱地从挎包里拿出各种准备好的吃的、喝的，开始边吃边喝边聊。显然，是事先准备好的约会。听话茬子，她们是中学同学，这是好多年没见的一次聚会。都是北京人敞亮的大嗓门儿，她们聊得非常开心，非常热闹，各自摆脱了家里的琐事，没有了孩子丈夫和老人的干扰与牵绊，像一群飞出笼子的鸟，撒了欢地聊，想聊什么聊什么，就像当年萧红写她家的菜园里的那些老倭瓜，想爬上架就爬上架，想爬上房就爬上房，聊得无主题，聊得没边界，聊得尽兴，聊得肆无忌惮。

起初，我没有注意她们聊的具体内容，都是些一地鸡毛的家庭琐事。要不就是最近坐豪华游轮去了日本之类的事情。一直到她们老是说起一个人名，而且，一提起这个人的名字，所有的人都"哎"！"哎！"嗑牙花子似的不断感慨，才引起我的注意。

我记不起这个人的名字，只听见是姓姚，也可能是姓廖或邵或焦，反正是这个音儿。好奇心让我放下画笔，渐渐地听明白了，她们中学这个姓姚的同学，丈夫二十多年前去世了，姚同学一直守寡，辛辛苦苦地一个人把女儿带大，一直到女儿考上大学，又熬到大学毕业，结婚生了孩子，要说也真不容易。前两年，姚同学忽然和一个男人好上了。这消息传到这帮同学的耳朵里，都大吃一惊。大吃一惊的，不是因为她和一个男人好上了，而是这个男人是山东农村来北京打工，在一个超市做保安。

你说，她找谁不行？非得找这么一个人？这让她们不解，纷纷这样说。

而且，那个男的比她小快二十岁呢。这就让她们更加不解。

他们两人是在超市里认识的，姚同学到超市买东西，怎么就一下子和保安接上火了呢？这一点，她们语焉不详。有说是她不小心碰倒了货架上的一堆东西，保安没说她，反倒帮她把东西放回货架；也有说是她买的东西太多，保安好心帮她拿回家……甭管怎么说吧，反正两人好上了，好的速度也太快点儿了吧，连个过门儿都没有，一下子就进入了主旋律。这是让她们最最不解的。

这也让我有些不解。都说现而今人们的恋爱观念发生了天翻地覆的变化，说是第一天见面，第二天接吻，第三天就上床，但大多数指向年轻人。像姚同学这样六十出头的人，还能这样干柴烈火立刻毕毕剥剥地就烧起来吗？

可能这些年憋得实在难受了吧？她丈夫都死了二十多年了！一个女人说。这样说得有些不怀好意。

那个保安的老婆在农村老家，他也憋得难受了！两个人才一拍即合！另一个女人说，说得也是同样不怀好意。

也可能人家有了感情。第三个女人说，说得有点儿同情心。

什么感情？刚见面就有感情？一个北京人，好歹有文化，也拿着退休金，和一个山东的老农民，会有真感情？还不是为了那个事儿！又一个女人撇撇嘴，把"那个事儿"几个字说得那样鄙夷不屑，有点儿恶毒。

听说，现在那个保安三天两头就去她家一次，你们说一个六十多岁的老娘们儿了，还有这么大的兴！一个女人立刻附和着说。

可别说，保安比她小快二十了，生猛海鲜呢！又一个人接上话茬儿，语气有些古怪，不知是嫉妒，是羡慕，还是嘲讽。

紧接着，她们开始相互打探各自还有没有那个事儿，几乎众口一词，都说早就封山闭门了，一群麻雀一样叽叽喳喳叫着，闹着，笑成一团。

女人凑在一起，真的比男人还疯。女人和女人凑在一起，可以好得如同亲姊妹，合穿一条裤子都嫌肥；也可以隔膜得隔开一条银河那么远，甚至眼睛难揉沙子，最后反目为仇。

最后一个女人发话了：你们知道吗？最近，保安回了一趟山东老家，和他的女儿把他老婆接到北京来了……

她的话还没说完，其他女人都惊讶地叫了起来：怎么回事？

那个女人接着说：他老婆的子宫里长了个什么东西，是恶性的还是良性的，当地医院没法确定，让他们到北京大医院看看。这不，他和他孩子一起带着他老婆来北京了。再告诉你们个消息，你们绝对猜不到，这一家三口就住在姚同学家里。

大家立刻张大了嘴巴，只有"啊"的一声，谁也说不出话来。

一群麻雀不适时宜地正从藤萝架前的草丛中飞起，叽叽喳喳叫着，飞落到远处，溅起一阵尘烟。

Chapter 25

老太太的花

　　月季花坛前的这个藤萝架，我常来，以静观动，能看到很多不同人等，想象着他们不同的性情和人生。迅速地抓住那转瞬即逝的情景，往往让眼睛和笔都不听使唤，顾此失彼，却颇有乐趣。

　　那天，看到一位老太太，步履蹒跚地走过来，在我的斜对面坐了下来。老太太头戴着一顶棒球帽，还是歪戴着，很俏皮的样子；身上穿着一件男士的西装，有点儿肥大。猜想那帽子肯定是孩子淘汰下来的，西装不是孩子的就是她家老头儿穿剩下的。

　　老太太眉眼俊朗，年轻时一定是个美人。我们对坐藤萝架下，之间只几步的距离，我注意观察她，她时不时地也瞄上我两眼。我不懂那目光里包含着什么意思。正是中午时分，太阳很暖，透过藤萝叶子，斑斑点点地洒落在老太太的身上，老太太垂下了脑袋，不知在想什么，也没准儿是打瞌睡呢。

　　我画完了老太太的一幅速写像，站起来走，路过她身边的时候，老太太抬起头，问了我一句：刚才是不是在画我呢？

　　我有些束手就擒的感觉，赶紧缴械投降，坦白道：是画您呢。然后打开本子，递给她看，等待着她的评判。

她扫了一眼画，没有说一句我画得像还是不像，只说了句：我也会画画。这话说得有点儿孩子气，有点儿不服气，老太太真可爱。

我赶紧对她说：您给我画一个。

她接过笔，说：我没文化，也没人教过我，我也不画你画的人，我就爱画花。

我指着本子对她说：您就给我画个花。

我使不惯你的这个软笔，我只用铅笔画。

没事的，和铅笔一样，您随便画就行！

架不住我一再地请求，老太太开始画了。她很快就画出了一朵牡丹花，还有两片叶子。每一个花瓣都画得很仔细，手一点儿不抖，眼一点儿不花。我连连夸她：您画得真好！

她把本和笔递还我，说：好什么呀！不成样子了。以前，我和你一样，也爱到这里来画花。我家就住在金鱼池，几十年了，天天都到天坛里来。

我说，您够棒的了，都多大岁数了呀！然后我问她有多大岁数了，她反问我：你猜。我说，我看您没到八十。她笑了，伸出手指冲我比画：八十八啦！

八十八了，还能画这么漂亮的花，真的让人羡慕。我不知道我能不能活到这样的岁数，画出这样漂亮的花，但老太太的花给了我极大的鼓舞，很是励志。

Chapter 26

天 伦 之 累

对于北京人而言，天坛唯一的缺点，是缺少一个儿童游乐场。天坛的东门，有一个面积不小的成人体育锻炼场，却没有想到给孩子留一点儿可以玩耍的空间。不过，天坛不是龙潭湖或陶然亭公园，可以开辟儿童乐园，天坛是以古建筑和古树而著名。颐和园也没有儿童乐园。公园的职能功能不同，不能苛求天坛面面俱到。

尽管天坛没有儿童乐园，附近居民带孩子到这里玩的，还是不少。大多数是老人。孩子小，还没送幼儿园，父母上班一走，爷爷奶奶，姥姥姥爷，就会推着婴儿车，抱着背着孩子，到天坛串门来了。

双环亭前东面几棵古树下，有一片开阔的空场，四周有几个座椅，古树旁，松软的土，常有小孩子们在那里玩土，时间长了，土越来越松，成了一个小沙坑。老人可以在那里坐坐，孩子可以在那里玩玩，跑跑闹闹。我发现，特别是天气好的上午，带孩子的老人，到这里聚聚的挺多。一边晒晒太阳，一边聊聊带娃遛娃的经验，还有苦恼、烦闷，甚至怨恨，带刺儿的话，主要是甩给儿媳妇或对姑爷的。

孩子见孩子，像小狗见到小狗，尽管不认识，分外来情绪，立刻摇头摆尾地凑在一起，玩得更有兴趣，老人们可以腾出手来，站在那里，家长里短地聊闲天。

春末时分，我陪小孙子去那里玩的时候，只有一个老太太带着一个四岁左右的小男孩在玩土。两个小孩子立刻玩在一起了。我和老太太在一旁乐得清闲，闲聊起来，知道这是她的外孙子。女儿从河北保定考上北京的一所大学，毕业后留在北京一家外资公司工作，女婿从山东来北京读大学，如今在一家大银行工作，钱倒是没少挣，前些年，先在在三环路边上买得一处楼房，面积不大，位置绝佳。没有房子之累的年轻人，就是最有福气的了。我对老太太说。

老太太同意，不过，又说，这小孩子一出生，福气就打了折扣。得有人帮忙照顾孩子吧，爷爷奶奶身体不好，来不了北京，我和老伴就来了。把三环路的房卖了，在光明楼买了房子，别看是旧楼房，还得再贴上一点儿钱，因为是学区房。图的是这里有市重点的光明小学，以后孩子上学方便。

老太太很健谈，女儿和女婿很会周转，还有未雨绸缪的眼光。我对老太太夸赞了她的两个孩子，老太太乐了，说，孩子一落生，逼得他们，不周转怎么行？这不，刚搬过来，就赶紧在幼儿园报了名，前几天接到通知，等孩子四岁时可以入园了。

我说，您的孩子够行的了，未雨绸缪，省了您多大的心，现在幼儿园多难进呀！以后又能上光明小学，您也可以尽享天伦之乐了！

老太太一摆手，对我说，什么天伦之乐，是天伦之累！

我知道老太太是有些得了便宜卖乖，便笑她，您别不知足了。

　　她却说，不是我不知足，确实是有乐趣也有烦恼。我和老伴来北京快四年了，保定的房子门一锁，就再也没回去过。天天是我带孩子，老伴做饭，忙得脚不拾闲。当然，孩子也不容易，最头疼的事是孩子六岁就得上小学了，说是上光明小学，俩孩子都还没有北京户口，光明小学倒是就在眼面前，可那么容易就上了呀？！花钱不怕，怕的是得走门子，托关系，可你说我们这俩孩子都是从外地来北京的，烧香都找不着庙门。

　　话题转到这里，一下子沉重了起来。如今的社会就是这样子，孩子一落生，就得为幼儿园为学校头疼，一家人就像蜘蛛一样，跌进了关系织就的密密的网中，想出都出不来。没孩子，想要孩子；要了孩子，生活的负担和心理的负担都加重。望着玩得兴高采烈的两个小孩子，一副吃凉不管酸的样子，我的心里忍不住叹了口气，年轻人，活得不容易。想起屠格涅夫曾经讲过的话，说是人生就是一个苦役，只有把一个个的荆棘都走过去了，最后才能够编织成一个花环。这话说给今天的年轻人正合适。只是等他们把荆棘编织成花环的时候，就和我们一样的老了，而他们的孩子也长大成他们一样的年纪，开始新的轮回。

　　所幸的是，老太太没有我多愁善感，脸上的云彩一会儿就散去了。她对我说，前些天，传说女婿就要升为银行的高管了，说是高管，有政策，就可以落实北京户口。我现在就盼着这事情赶快落定了，免去了托人找关系的烦恼。

我赶忙恭喜她，这可是件大事。老太太说，可不是，要不怎么说，有了小孩子，你身上的皮就得一层一层往下扒。但愿女婿的事情别黄，到头来竹篮打水一场空。

我劝她，好事多磨。年轻人也是不容易！

老太太反问我：那我呢？我容易吗？快四年了，我连自己的家都没回去过。没等我接茬儿，她自言自语道，人老了，就是贱骨头！有了孙子，自己先当孙子！

太阳照当头了，快中午了。两个孩子玩得差不多了，跑了过来，嚷嚷着要回家了。我和老太太道别，临走时，老太太忽然想起了什么，对我说了句：前两天，保定的亲戚来电话，说我们家窗前的月季花今年开了。快四年了，也没人浇水，居然还开花了。

我对她说，好兆头呢，您的外孙子一到来，您家的好日子在后头呢。

我想，这一定是她心里的潜台词。

Chapter 27

双环亭

双环亭，是我爱去的地方。双环亭，是 1975 年从中南海移过来的。当年，是乾隆皇帝为他母亲五十大寿修建的，所以，双环亭学名叫万寿亭。不过，附近常到这里逛的街坊四邻，都习惯叫它双环亭，因为颐和园有个万寿山，"万寿无疆"的口号又被喊了多少年，让大家觉得"万寿"这个词有点儿腻。不过，当初，建双环亭是有一对寿桃的象形之意，亭前的两个台阶呈寿桃桃尖之状，更是象形象意，都是这个意思所在。亭顶铺设的琉璃瓦为别具一格的孔雀蓝色，在全国独此一家，更让这个双环亭格外令人瞩目。如今的双环亭，油饰一新，梁柱上彩绘炫目，完全想象不出是一座有近三百年历史的老建筑。

那地方，亭子两侧延伸出长廊蜿蜒，前有开阔的草坪，假山石上新建有个小亭，后有茂林修竹，间或还有几株紫薇，夏日花开旺盛，游人不多，很是幽静，有一种天坛后花园的感觉，与肃穆辽远的天坛风景不尽相同。天坛过于辽阔，作为当年皇上祭天的地方，自然可以，作为园林公园，风景便显得有些单调。移双环亭至此，有补景之用。

有竹荫，有花香，还有地方可坐，坐观四季风景变化，我

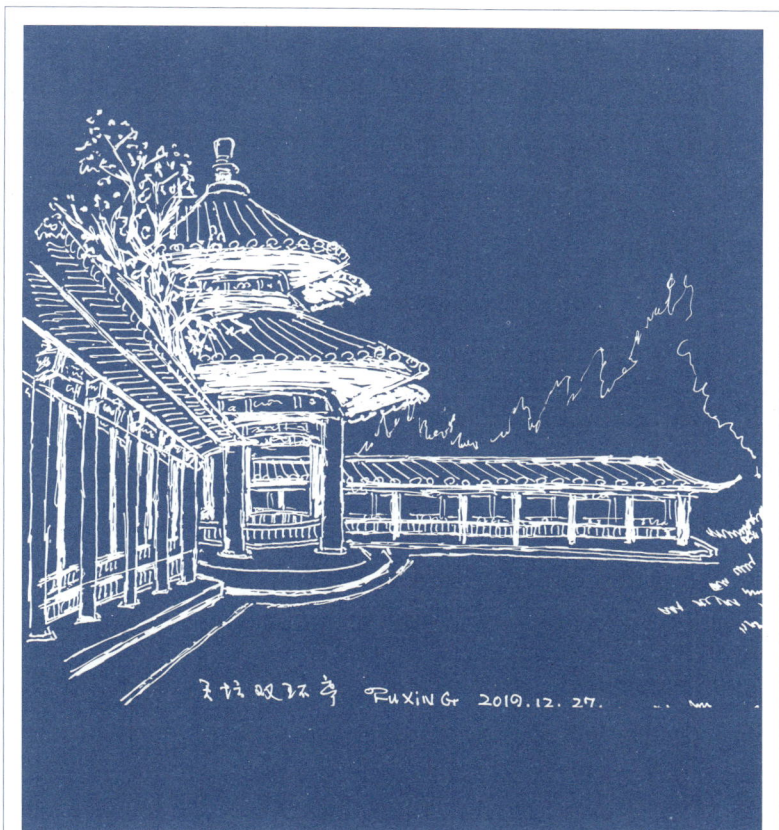

天坛双环亭 RuXinG 2019.12.27.

建双环亭是有一对寿桃的象形之意，

亭前的两个台阶呈寿桃桃尖之状，

更是象形象意。

双 环 亭

Temple
of
Heaven

常到那里画画。

春天的一个上午，我坐在亭中，画对面三男一女在打扑克牌，一位横跨长椅，一位靠着圆柱，两位站着挥臂甩牌。初春上午的阳光很暖，洒在他们的身上。不停甩出的扑克牌，小鸟一样扑闪着翅膀，在逆光中一蹦一跳。他们打得格外兴奋，我画得十分有趣。

一个男人的身影落在我的画本上，我知道有人在看我画画。常到这里来画画，我已经究竟沧海难为水，练得脸皮厚了，不在乎人看，接着画自己的。就听见这人在说：画得挺像的！我抬起头，客气地说了声谢谢，又客气地说：瞎画着玩。

一般看热闹的，寒暄几句客气话，也就走了。他没走，一直站在我身边看我画完。他又说了句：画得挺像的！见我合上本，他指指我手里的本说：能让我看看吗？我把本递给他，他一页页仔细翻看着，从头看到尾，把本还给我，禁不住感叹了几句：画的都是天坛，画得多好啊！这语气，让我听起来不像是客气话。

然后，他问我：你是专门画画的吗？我说不是，我是退休之后才开始学画画的。他不禁望了我一眼，说道：我以前也爱画画，退休之后，却没有想起来要接着画。停了一会儿，他像是对我说，又像是自言自语：第一次来北京，我还专门去了一趟徐悲鸿纪念馆看画。听说，最近徐悲鸿纪念馆重新整理修建，又开馆了！我说是，前些天我刚去那里看了新展，您可以去看看，挺好的。

他没有接我的话茬儿。我看得出，他在回忆往事。是回忆第一次来北京到徐悲鸿纪念馆看画吗？那是什么时候？是年轻的时候吗？我猜想着。

他坐下来，我们聊了起来。他是昆明人，比我大几岁，今年七十六岁了。我说昆明多好啊，四季如春。他摇摇头，说：昆明是高原，海拔一千九百米，像我这样有高血压的人，常住那里不好，我来北京，药量减少了一半，血压比在昆明还正常。

他的女儿大学毕业考上协和医院的博士，毕业后，工作在协和的药物研究所。我连夸他女儿好棒，说您好有福气。我知道，药物研究所就在天坛南门附近。他说：我家就住在天坛南门附近。每天，他都会到天坛里遛弯儿。我更是夸他有福气，沾了女儿的光，不是女儿，他怎么能从昆明跑到北京来？

他笑笑，点了点头，接着又摇摇头：女儿也是沾了我们老两口的光，读小学，读中学，为了读好学校，我们没少费力气，我学的画也就耽误了。再说了，从她的儿子一落生，我们老两口就来北京帮她带孩子，一直带到孩子今年上初二了。你说多少年了吧！

我忙说：那是！家有一老是个宝！不过，现在孩子大了，您老两口熬出来了，辛苦没有白费，可以和女儿和外孙子在北京享享清福了。

他又笑了，笑得很开心。

分手时，他对我说：在北京哪儿都好，唯一一样，我们老两口的药费还得回昆明单位报销，挺麻烦的。

我猜，他还有一个不满足：退休后没有把画画再捡起来。

Chapter　28

天坛大洋

　　晚秋时节，快近中午，一阵歌声，从双环亭里传出。是男声，流行唱法，唱得很好听，嗓音清亮，抒情气息很浓。有音乐伴奏，歌声更显得绵绵缱绻如水，悠扬动听。那唱功，显然是经过专业训练过的，一点儿不比现在经常出现在电视里的歌手差。

　　我循声找去，歌手双腿横跨在双环亭中间拐角的长椅上，背后是一片葱茏的绿树和灌木，像是特意为他拉起的一道绿色的幕布，隔开了远处的喧嚣。是个四十来岁的中年男人，面目俊朗，长发垂肩，头上戴着一顶黑色的棒球帽，鼻梁上架着一副墨镜，很富有流行歌手的样子，也富有豪爽男子汉的气概。他的脚下放着一台袖珍的功放，长长的电线一直连在他双耳的耳麦上，他手持着一个无线话筒，正在动情地唱着一首二十世纪七八十年代的老情歌。

　　我坐在离他不远的椅子上，掏出画本画笔，画他的速写像。说是速写，我画得很慢，能力限制，无法如真正的速写几笔流畅的线条一挥而就。好在他只是坐在那里唱，除偶尔挥挥手臂，没有大的动作，好像为了照顾我这样"二把刀"画拙劣的速写。

其实，他根本没有注意到我在画他。他唱得很动情，非常投入，旁若无人，如一条鱼，沉浸在他自己歌声的海洋里。每唱完一首，在唱新的一首歌之前，他都要介绍一下这首新歌的作者和原唱者，说明一下时代不同，唱法也要有所不同。都是一些老歌，港台歌曲居多，情歌居多，久违的刘文正、张学友、张信哲、费玉清此起彼伏。他唱得很熟练，张口就来，一唱就响，属于久经沧海，流行乐坛上的老江湖。一连听他唱了好几首歌，仿佛隔空穿越，重返二十世纪七八十年代，随他一起重温一部流行音乐简史。

我才发现，他的身前身后还围着多位中年妇女，随他的歌声翩翩起舞。由于有树荫遮挡，起初我没有注意到她们。她们穿得都很鲜艳，个个还都披戴着花围巾。有歌有舞，有声有色，双环亭热闹了起来。

画完后，我走到他的身边，先是称赞他唱得真好，然后递过画本和笔，请他在画有他的速写旁签名留念。他接过画本和笔，感到有些意外，冲我笑笑，很憨厚的样子，没有老油条歌手那般的得意和高傲，问我签到哪里好，我说随便，哪里都行！他大笔一挥，龙飞凤舞，在画本上签上了他的大名。那姿态，那字体，倒像是给很多歌迷签过名。

只是，他的字太潦草，我没有认出是什么，请问他，他还没有答话，旁边一位女人先替他说了：天坛大洋！很有名的！

我再仔细辨认，认出了"天坛大洋"四个字，这是他的艺名了。我明白了天坛二字的含义，肯定是他经常到天坛来唱歌，却不大明白"大洋"意味着什么。

他唱得可好了，

连这里的小鸟都飞过来，

爱听他唱呢。

天 坛 大 洋

Temple
of
Heaven

另一个女人又对我说：他不仅在天坛唱歌有名，在北京也有名呢，还上过电视台唱歌呢！

　　又一个女人接着说：今天晚上，他在永定门唱歌，欢迎你来！然后，她指指"天坛大洋"脚下，对我说：这上面有对他的介绍。我才发现，是一块硬纸牌子，上面有对他简单的介绍，才知道他是来自东边的北漂歌手，深受中年妇女的欢迎，在天坛唱出名，曾经获得过模仿费玉清的全国总冠军，不仅唱到中央电视台北京电视台，还唱到了美国、日本和韩国。

　　我向他表示祝贺和敬佩。见识浅陋，我是第一次听他唱歌，他却是早就成为天坛一道别致的风景。歌手，从来有来自庙堂和来自民间的两种，来自民间，更具有草根性，让音乐走下炫目灯光和舞美包装的舞台，和大众贴近，成为大众生活的一部分。

　　这位"天坛大洋"一直都没有怎么说话，一直都是身边的这些女人叽叽喳喳地在讲话，他也插不进嘴，只是坐在那里憨厚地笑。我对他说：我别耽误你们了，赶紧接着唱吧！

　　临走的时候，一位妇女在我身后还在说：晚上永定门，你也来吧！他唱得可好了，连这里的小鸟都飞过来，爱听他唱呢。

　　这话让我心里一动。我相信，这位女人说的并非夸张。我想起18世纪的夏巴农（Chabanon1730—1792），他是一位小提琴大师，还是一位别致的作曲家，他曾经突发奇想，为一只蜘蛛作了好多支曲子，并用小提琴奏出这些不同的曲子给这只蜘蛛听，想看看这只蜘蛛对哪一类音乐敏感。他确信蜘蛛对小提琴也有感觉。果然，他发现了蜘蛛还真的对他拉出的一种小提琴乐曲感兴趣呢。后来，他还发现，音乐中模仿的夜莺声音，比夜莺自己的叫声还要动听，连夜莺自己也爱听呢。音乐，具有这种特殊的功能，是其他艺术无法比拟的。音乐，可以沟通素不相识的人们的感情和心灵，也可以和大自然沟通。

"天坛大洋"，在天坛公园里唱歌，剑鞘相配，适得其所，会比在电视台在舞台在国外，更有魅力。那些地方，富丽堂皇，但不会有小鸟飞来听他唱歌。双环亭，如同老式胶版密纹的双面唱片，录下来这样悠扬动听的音乐。

Chapter 29

百花亭

百花亭，也是后来移到天坛来的。它原来在清末重臣李鸿章家的私庙里，因亭子四周梁柱上彩绘有众多鲜艳的花卉，所以名为百花亭。1978 年，亭子移到这里，和双环亭的作用一样，补充了天坛的景观。它离双环亭很近，将天坛原来西北这一片空旷之地串联起一道新的风景线。

我画过好几次百花亭，都画不好，主要是它的六角飞檐，还有雕梁画栋，很是难画，画了几次，都画不像，要不就是画得线条繁复，不好看。

我还是顽固地到这里来画它。一连几次，天近中午时，到这里来画它，这里非常幽静，四周花木簇拥，亭子南面是两排柏树，北面是两排龙爪槐，东西甬道两旁，种植着西府海棠，春天开花的时候，很是娇艳，在遍布沧桑满身一概浑绿色松柏的天坛里，增添了一抹撩人鲜嫩的色彩，很有些老夫少妻的感觉。

甬道两侧还有长椅，绝大多数空着，我可以如骄矜的皇帝选妃子一样，尽情选择，随便坐在哪一把椅子上，对着百花亭写生。有时坐在这里，感觉角度不好；换坐到那里，又觉得海棠树的枝叶挡住了视线。来回地坐，毫无顾忌，轻松自在，旁若无人。那感觉真好，仿佛整个天坛风光都囊括在这亭前亭后的甬道上了。

　　只有一把椅子坐着一个人。每一次来，我都会见到他，大概不到六十岁的样子，也可能不到五十，他穿着随便休闲，总是穿着一个肩带红道道的运动服。每一次来，他都坐在紧靠百花亭西侧的那把椅子上，双脚把鞋子脱掉，跷在椅子上，身子斜倚着，靠在椅背上，很懒散、很舒服的样子。而且，每次来，都看见他抱着一个小小的老式收录机在听里面放出的歌曲。每一次，都是同样的一首歌。最有意思的是，每一次，都是来回播放这首歌其中的一段：

　　　　人生短短几个秋呀，

　　　　不醉不罢休，

　　　　东边那个美人，

　　　　西边黄河流，

　　　　来呀来个酒呀，

　　　　不醉不罢休……

　　每播放一次，他自己跟着唱一次。如此循环、乐此不疲。好像他觉得自己老是唱得不好，才要一次次反复地唱。竟然和我一样，也是总觉得画不好这个百花亭，便一次次来反复地画。想到这里，心里不禁暗笑。

　　我几次到这里来，听到的都是这样一段歌词，听得我都会

它的六角飞檐，

还有雕梁画栋，

很是难画。

百 花 亭

那感觉真好，

仿佛整个天坛风光都

囊括在这亭前亭后的甬道上了。

百 花 亭 前 的
龙 爪 槐

Temple
of
Heaven

唱了。我不知道他为什么会对这段歌词情有独钟，如此反反复复，不厌其烦地跟着唱个没完没了？

有一阵子，我想，如此偏执，他会不会是精神出了什么毛病？但我马上责备自己，干吗要把人往坏处想？他不能就是爱上这首歌，爱上了这一段词，这一首歌，这一首词，让他想起了自己的某一时一地的往事，或者他自己说不清道不明却缠绕在心抹不去的情绪或思绪？就像死死地痴痴地爱上了一个人，即使是无望的单恋，也在心里有一种挥之不去的旋律回荡。音乐，有这样独特的功能，作曲作词者想的和你想的并不相同，你不过是借他们的音乐还魂，又有什么不可以的呢？

有一次，我想和他攀谈一下。我确实充满好奇心，想在攀谈中触摸到他的一些心绪。但是，我走到他的身旁，他根本没有搭理我的意思，还在随着音乐摇头摆脑地唱。他不是在唱自己的独唱音乐会，他不需要一个观众。他完全沉浸在他自己的歌声中。这也真的是一种境界。偌大的天坛，包容他的这种境界，任他倚在这里随便地唱。

他唱出的声音，像是在吟唱，嗓音并不那么好听，还多少有点儿跑调。播放出的音乐声很响，在中午寂静的园林中寂寞地回荡。

Chapter 30

二 月 兰

进天坛北门，左右两侧高出一块的高坡上，各有一片空地，种着几排钻天杨。这样的树种，在天坛显得有些不伦不类，或者说是另类。天坛这样皇家园林中，以前，是以松柏为主，即使后来种些别的树，也会是银杏、栾树、核桃，和丁香、海棠、紫薇之类的花木，是绝对不会种这种杨树的。别看它们长得很高，绝对都是近些年新种的。

来这两块空地上的，多是住在附近的老北京人。这里成了他们运动娱乐的专属之地，东侧以踢毽子的为主，西侧以跳舞的为主。钻天杨边上，有长椅，新近又安装上了挂钩，方便人们挂衣服和包包。来这里的都是高手，毽子踢得流星飞蹿，很专业；跳新疆舞的衣装都得是新疆的，还要打着新疆的手鼓，显得很正规。

找到空椅子不容易，我坐在那里，一坐半天。画他们更不容易，踢毽子的，比跳舞的还难画，动作太快，变化太多。低头正画的时候，耳边传来一个男人说话的声音："现在正是看花的好时候。"他的嗓门儿挺大，禁不住抬起头，看到他推着辆轮椅，轮椅上坐着位比我年纪大好多的老太太，他是对这位老太太说的话。看样子，老太太应该是他的母亲。

很快证明我的判断是对的，没走几步，前面有一排枝干遒劲的碧桃，正是春天，鲜艳的桃花火红一片，灿若云霞。他指着碧桃忍不住大嗓门儿又叫了起来："妈，您快看，桃花开得多艳！"碧桃的前面，有铁栅栏，栅栏里面种着灌木，他推着轮椅绕过铁栅栏和灌木丛，让母亲和碧桃有个零距离的接触，斑驳的花影洒满那位母亲的一身。不一会儿，他们的身影，看不见了。

尽管天坛赶不上香山植物园春花烂漫，品种又多，但是，天坛就在城里，老北京的普通人家就住在跟前，像这位儿子推着轮椅带着母亲来看花，毕竟方便。

这时候，人们到天坛看花，主要是来看丁香和海棠的。往里面走，过祈年殿往西，双环亭前面，有一片海棠和一片丁香，正是花开得最漂亮的时候。我猜想，这个孝顺的儿子，一定推着母亲到那里看花了。

画完画之后，我也去了那里，想看看我的猜测对不对。

丁香丛一片，铺展展地开着白色和紫色的小花，别看花小，老远就能闻见香味，是那种浓郁的香，沁人心脾。海棠花开得好看，却没有香味。西府海棠粉红色的花蕾，将开未开，颜色比盛开的桃花的艳红要鲜嫩得多，也漂亮得多。一棵枝干斑驳粗犷又高挑的老树，立在其中，鹤立鸡群一般，分外显眼。更显眼的是，其他的海棠开的都是粉红色的花，唯独它开的是白花。花洁白如雪，我一直以为是梨树呢，问过正在给树浇水的师傅，才知道它也是海棠，叫金星海棠。

站在丁香和海棠树下拍照的人很多。一对老夫妇正在金星海棠树下分头给对方拍照。见我走过来，老爷子将照相机递给我，让我给他们老两口照张合影。我接过相机，是那种很老的数码相机，起码是二十年前的了。但是，取景框里图像很清晰，老两口笑得很好，满头银发顶着树上面的雪白雪白的花瓣，那样耀眼。这一棵老树金星海棠，还真的有点儿像是专门为老人而开放的呢。那一刻，我还在找那一对母子，可是，我没有找到他们，心里有些失落。

离开丁香和海棠树丛，我到别处又转了转。日头偏西，折身返回，穿过天坛独有的古柏树林的时候，忽然听到身后传来一个男人的大嗓门儿："妈，您看，这花叫二月兰！"回头一看，怎么这么巧，是刚进大门时候见到过的那一对母子。儿子指着柏树林中开满一地碎星星一般的小蓝花，正对母亲说。坐在轮椅上的母亲也指着这一片二月兰说："以前我在这儿挖曲麻菜（一种野菜）的时候，怎么没见过这花？"儿子说："您那是什么猴年马月的事了？"母亲笑了，连连说："是，那时候，才生下你没两年。你推我往近了瞅瞅，看还有没有曲麻菜？"儿子推着轮椅往柏树林前走，前面有矮矮的围栏围着了，还是有人迈过去，站在二月兰花丛中照相。母亲进不去了，伏下身子往里面看，逆光中，我看不清母亲的脸，只看见她的面前，二月兰是那样的蓝，蓝得像一个遥远的梦。

可惜，他们很快离开了这片二月兰，我的手没有那么快，没来得及画一幅画。

Chapter 31

三角梅

五一和十一期间，天坛里的花会多起来，弥补一下平日里树多花少的缺憾。五一，是月季和牡丹；十一，是三角梅和菊花。国庆节期间，祈年殿前的丹陛桥两旁，摆上了一盆盆三角梅，硕大的花树，紫色的三角梅盛开，迎风摇曳，像是一群紫蝴蝶飞舞。

出祈年门，沿丹陛桥往前走，一路花，一路人，一路景，是画画的好时候。我看见站在花丛中拍照的游人很多，摆出各种姿势，抖动各种围巾，亮出各种服装，拍得很嗨！当然，大多是兴致勃勃的年轻人，因为要到这里来，需爬很高的一段台阶，老年人腿脚不利索了，精神气儿差了，便很少来这。

但是，也不能说没有，自娱自乐的，和儿孙一起游园的老人，也有一些。不过，我说的不是这样老而弥坚的，而是那些年老力衰需要人搀扶，甚至是坐在轮椅上需要人帮助来推的老人。特别是孩子不仅陪伴他们来游园，还特意为他们拍照的，就更少。遇见这样的为老人拍照的年轻人，我总会不由自主地站下来，向他们投以赞赏的目光。

为自己年迈的父母拍照，和为自己的孩子拍照，或为自己的情人拍照，是两种完全不同的意思，镜头里出现的人物，是两种完全不同的景象。人生季节的流逝，是生命的流逝，在这样的流逝中，孩子的心，总会情不自禁地有所偏移，向自己如花似玉的孩子一边，而有意无意地将已经是霜叶凋零的老人冷落一旁。特别是节假日里出门去远方旅游的年轻人，更容易把腿脚不利索的父母撇在家中。这是一种孩子也是父母都心安理得的选择，谁也不会责怪。

一盆盛开的三角梅前，我看见一位满头银发的老太太站在花丛中，一只手颤巍巍地伸出来扶着花枝。由于个子比较矮小，三角梅几乎遮住了她的脸，一头银发在紫色的花朵中更加醒目。

我停下脚步，看着老太太的对面站着一个胖胖的中年女人端着手机，正准备为她拍照，站在她们两人之间，有一个中年男人正望着老太太笑着说：妈，您笑一个！老太太抿着没牙的嘴唇笑了，笑得不大自然，因为她发现我一个外人在望着她。我对那个男人说了句：你给她们娘俩一起照张相，留个多好的纪念！男人拿着手机开始拍照，老太太笑了，两个手机几乎同时按动了。紫色的三角梅在午后的阳光下，那样的明艳照眼。

老太太从花丛走了过来，像是对我说，又像是自言自语：都八十老几了，老眉喀嚓眼的，还照什么相呀！我对她说：照得挺好的，看您多精神呀，哪像八十多岁的人呀！身边那一对她的孩子都笑了。一问，才知道他们是陕西人，趁着国庆节放假，特意带着老太太到北京来玩的。女人对我说：我妈上一次来北京还是她年轻的时候呢！

我的心里真的是充满感动。老人总爱说年纪大了还照哪门子相呀，但是，如果你真的要给他们拍照了，他们的心里其实还是挺受用的。他们倒不是为了看自己照片上的面容，而是享受孩子为他们拍照的过程。在我的想象中，这和孩子为他们买了件新衣服，帮他们穿在身上，或者是买了新上市的荔枝橘子或栗子，替他们剥开皮，喂进他们的嘴里，是一样的感觉。

我母亲年老之后，腿脚不利索了，住在楼房里，很少下楼。那一年，我家对面新修了一座公园，国庆节正式开放，我和我的刚刚读小学的儿子搀扶着她下楼，到那个公园里看看。我让她站在那一盆盆正在盛开的菊花前，说给她照张相，她也是这样说：人老了，还照哪门子相呀！但是，她还是很高兴地站在菊花前面，照之前还特意用手拢了拢头发。那是母亲留给我最后的几张照片。

在天坛，我格外注意那些为母亲拍照的人。每一次看到这样为母亲拍照的人，心里总是很感动。我觉得那是天坛公园里最美的一幅画。

Chapter 32

花甲门内

祈年殿，如今东西南北四面都可以上。朝西有一扇门，叫
花甲门，这个门是乾隆三十七年（1772 年）开的，那一年，
乾隆皇帝年整六十，正值花甲之年，来天坛祭天，再从丹陛桥
走个来回，有些力不从心，便开了这个门，直接上去就是祈年殿，
少走了好多道儿，便将这个门称之为花甲门。和花甲门这样别
致名字有一拼的，在皇乾殿里，还有一座门，叫古稀门，比花
甲门矮小，是乾隆皇帝七十岁那年，有拍马屁的官员建议修这
样一座门，可以免去皇上来天坛祭天之前进皇乾殿先行礼数时
多走的路。看来不管什么章程，哪怕是老祖宗传下来的祭天章
程，也是能够因人而异，可以改变的。在这里，天并没有比人
或者说权大。

进花甲门，两面灰墙夹道，然后，是一面坡式的有些陡的
台阶，上去便是祈年门。在天坛所有的门里，祈年门在玉栏雕
砌簇拥下，最是高大威武。在台阶下面仰望祈年门，很有些巍
峨的样子，平展的门一下子像仰头抖着脖颈上一色金色鬃毛的
高头烈马或雄狮。

国庆节那天的下午，我选择在这里画张画，给自己留个纪

皇乾殿内的古稀门　　RUXING 2010.12.

我觉得即使再高大无比的天，

也没有孩子的心

清澈透明。

皇 乾 殿 内 的
古 稀 门

念。

没有地方可坐，我只好蹲在那里画。不知什么时候，一个小男孩来到我的身边，一直弯着腰看我画。我画得笨拙，画了好长时间，也没有画完。小男孩就那样一直看着我画。一个女人的声音在叫他：快点儿走了，咱们还去不去看祈年殿了呀？抬头一看，在我的斜前方，站着一个女人，显然是孩子的妈妈。

待会儿嘛，我看爷爷画画！

过了一会儿，我还没有画完，小男孩还站在我身边看。他妈妈在催他：快点儿了！他还是那句话：待会儿嘛，我看爷爷画画！

他妈妈有点儿不耐烦了说：你还非要看爷爷画完才走吗？

他点点头说：是！我要看爷爷怎么画完！

一下子，觉得遇到了知音。便问他：几岁了？他告诉我快六岁了。这么小！和古老的天坛，和背后的花甲门，和面前的祈年门，这样明清以来积淀下来的年龄庞大的分母对比之下，他这个分子真的是太小太小了。但不知怎么的，我的心里很有些感动。我把画拿给他看，又问他：你看我画得行吗？

他接过画本，很认真地看后，没有回答我的问题，只是指着画问我：你不涂上颜色吗？

我告诉他：回家再去涂颜色。

他又问我：你每天都来这里画画吗？

我说：每天都来，你明天来找我，就能看见我给这张画涂上颜色了。

他眨巴着眼睛，问我：可天坛这么大，明天我到哪儿能找到你呢?

　　他说得那么认真，只有孩子才会这样认真，而且，充满关注你、关心你的真情。那一刻，我觉得即使再高大无比的天，也没有孩子的心清澈透明。

　　他的妈妈真的有点儿急：快点儿走吧!

　　过去了好多天，只要我到天坛，总不由自主地走进花甲门看看，总忍不住想起这个小男孩。

Chapter 33

花甲门外

　　花甲门，是我爱去的地方，常坐在它前面画它。别看游人常从它门前门后穿行而过，或在它门前的台阶上拍照，实际它并不喧闹，一直很安静，处变不惊的样子，像个大家闺秀。不像祈年门，虽然是皇家气派，而且是明朝留下来的老门，在天坛里所有的门年头最久，但那里常常人满为患，热闹得像个集市。

　　夏天。星期天。快近黄昏，天气依旧很热。但是，逛天坛人还是不少。我坐在花甲门旁边不远的长椅上画画，那里柏树下浓荫匝地，很是风凉。

　　一个年轻的小伙子，手里拿着一罐可乐，走了过来，一屁股也坐了下来，坐在我的身边。他瞥了一眼我本子上的画，没有说话，只管仰着脖子喝他的可乐。

　　我画前面的柏树林，画了好长时间。他也坐了好长时间，不时瞥一眼我的画，又瞥一眼我。我也瞥了一眼他，一个长得很清秀的小伙子，二十五六岁的样子，应该属于小鲜肉之类。我觉得他好像要对我说什么。可是，只听见他的嗓子眼儿咕噜噜的喝进可乐的声响，他并没有讲话。

　　可乐喝完了，可乐罐在他的手里捏扁，捏得像被踩着的蛤蟆叫得嘎嘎直响。这个小伙子，肯定有什么心事。或者是在这里等待什么人。朋友？恋人？想到这里，我想应该站起来，把这个位置让给他才是。

就在我要站起身来的时候，一个穿着一身象牙白连衣裙的年轻姑娘，挽着一个身着红色T恤的小伙子，亲亲热热地走了过来。走到我们的面前，这一对年轻人，忽然停了下来，望着坐在我身边的小伙子。姑娘没觉得什么，红T恤小伙子显得有些吃惊。我瞥了一眼身边的小伙子，他倒没有这样吃惊，只是站了起来，眼神里闪动着一种奇怪的表情。我看出来了，这三个人彼此肯定认识，会是一次不期而遇的邂逅？他们显得有些意外，但没有什么惊喜。

正在我思磨这一闪念的工夫，连衣裙姑娘的手，已经从红衣小伙子的手臂中抽将出来，一步上前，抡圆了胳膊，啪的一声，一记清脆的耳光，打在这个小伙子的脸上。然后，回转身来，又挽上那个小伙子的臂膀，两人若无其事地款款而去。

我被这一记耳光扇愣在那里，望着小伙子，不知该说什么。

小伙子却一屁股坐了下来，对我苦笑一下，说：没事！没事！那笑，很难看，本来清秀的脸庞，变成了苦瓜的模样。

小伙子接着对我说：我就是坐在这儿等着她过来的。

他说的这个她，肯定指那个连衣裙姑娘。

有故事？我轻轻地试探着问了他一句。

他收起了苦笑，说：也没什么故事。她是我的初恋女友，从中学到现在，好了快十年了。突然，她说不爱我了，爱上了另一个男的，就是刚才那位。她和他才认识几天呀，她和我可是认识了十年了呀！这两头，不管是断了，还是爱上，未免也都太快了点儿吧？

我看出来了，那一记耳光，把他一肚子的话打了出来，看样子，他刹不住闸，不吐不快。我只有好好听着，脸上现出一副很同情的样子。

他接着说：不仅我是这么想，那个男的也是这么想的，不大相信她会和我真的是断了。这是正常的吧？这不，她约我今天到这里来，说三个人一起见见面谈谈，把事情说开了。我傻呵呵就来了呗！谁想，她给我来了这么一出。

小伙子，你看出来了吧？她约你过来，就是要演这一出的，演这一出，就是给那个男的看的……

我本想以过来人的身份，对他这么劝几句的，话还没说出口，他一摆手拦住我，说：我知道您要对我说什么，我没那么傻。还看不出来她心里想的什么？

那你就死了心吧！缺了穿红的，还有挂绿的呢！我赶紧插上这样一句，不忍心他再上当受骗。

他瞥了我一眼，像是一条鱼，被我这句话打沉到了水底，沉吟半天，才缓过气来，从水底又游了上来，对我说：我知道您吃过的盐比我吃过的饭都多，您是好意。可您说我要是死心眼子，就喜欢这穿红的，就不喜欢那挂绿的，可怎么办呢？

这话，一下子把我噎在这儿。

小伙子站起身，和我挥挥手，离去了。天真好，落日的余晖还未完全散尽，晚霞烧红西天，透过柏树的枝叶，筛下斑斑点点光亮，跳跃在小伙子的身后。

Chapter 34

一 起 到 天 坛 画 画

　　我约了好多次，让刘再生到天坛来，和我一起画画。他都
没有来。我知道，他腰椎间盘的问题，越来越严重，正在找医
院准备做手术。

　　我和刘再生一起在北大荒生活过六年。他比我小两岁，却
比我早三年（1965 年）去的北大荒。他是第一批到北大荒的
名副其实的老知青。在北大荒，我们同在一个生产队，一起在
场院上脱谷、晒场、扬场、扛着装满一百八十斤大豆的麻袋走
三级跳板入囤……他人长得虎背熊腰，力气很大，干起活来，
用东北话说是二齿钩挠痒痒——一把硬手。他的腰伤，就是从
那时候落下的。我们的友情，也就是从那时候结下的。

　　我不知道他也爱画画。前两年，我画了几张画，用手机微
信发给他，为的是让他开心一乐。没过多么一会儿，他回复我
一信，打开一看，是他随手画的一幅铅笔画，画的是他家的那
条老狗，狗趴在地上，睡着的样子，逸笔草草，很是传神。我
立刻夸他画得好，并说没有想到你也会画画，肯定以前学过！
他回信告我，他读中学的时候，学过一阵子素描——他家的一
个邻居是位画家，后来去了北大荒，把画画的事情就彻底给忘

到脑后面去了。

果然，童子功，一看就不一样，不像我，完全是野路子，盲人摸象。从那天起，我便拉着他画画。他说，这么多年都没有画过画了，能行吗？我对他说：看你画的这条狗，画得多好啊，重新捡起笔来，你肯定比我画得要强！

受到鼓励，刘再生来了情绪。没过几天，他打电话告我，他从美术馆对面的百花美术用品商店里，买回了画架和画笔画纸一堆家伙什，扛回家。

又没过两天，他电话告诉我，还是从百花买来一个海盗的石膏像，小心翼翼地抱回家。欲善其事，必先利其器。他摩拳擦掌，一副大干快上的劲头儿。

我开玩笑对他说：你这完全是学院派啊！

他说：你别损我，但我得从素描开始捡起！

重拾旧梦，是一件挺美好的事情。尤其人老之后，还能重拾儿时旧梦，也是让一袭晚照多那么一点红的内心充实的能力。

两年多下来，刘再生的画越来越好。每画一次，他都会照下照片，用手机微信发给我看，我画的画，也会发给他看，我说他画得好，他说我画得好，我们俩老王卖瓜，相互夸奖，彼此鼓励，给对方叫好，实际上是给自己鼓劲儿。退休之后，人进暮年，总得找点儿自己喜欢的事情做，好打发光阴。

别看他几十年没画过画了，他的画确实画得不错。倒也不仅仅是由于他有从小学画的基础，他这个人别看长得五大三粗，心很细腻，对艺术有着天然的敏感。刚从北大荒回到北京的时候，没有工作，整天无所事事，他常骑着自行车到我家找我聊天散心。我们一聊就会聊到很晚，谈兴还未散去，赶上吃饭了，有什么就吃什么，他也不挑剔。我招待他最好的饭就是包饺子，一般都是我妈和馅，他来擀皮，我来包，三个人围在一起，其乐融融。几乎每一次在这个时候，他都会小声哼唱起《嘎达梅林》。这首歌，应当唱得苍凉一些才对，他却把起义英雄嘎达梅林唱得那样缠绵，儿女情长。他的声音格外轻柔，跟细筛子筛过的面粉一样，唱到兴头时眼睛里透露着几丝柔情和憧憬，还情不自禁地翘起个兰花指来，像个女人，让我觉得他练过京剧里的青衣。

艺术总是相通的，唱歌和画画，是刘再生内心世界的两个侧面。我对他提起当年他唱《嘎达梅林》的情景，说他唱得好，画也一定会更棒。他听后不大相信似的，冲我眯缝起一对细细的眼睛，连连摇头，对我说，你别拿我打镲了！话虽说得不自信，但我知道，画画的火苗已经燃烧了起来。

今年的年初，他报名参加了一个美术班，专门跟美术学院毕业的老师学素描。尽管学习班在广安门，他家在天通苑，路途不近，去一趟，坐公交车，得一个多小时，来回一趟得三个多小时，他也乐此不疲。每次学完回家，得倒好几次车，尽管很累，心里高兴，不等到家，先到他最爱去的小馆里，要一个他最爱吃的驴肉火烧，一盘拌豆腐丝，一碗小米粥，一瓶北冰洋汽水，美美地吃一顿，静静地回味一下今天学到的东西。这一天算是没白过。

几乎每天他都会画画，每天都会把画发我看看。我说他，画画上瘾。他说，还真是上瘾，每天不画点儿，心里空落落的。

不过，他画的都是石膏像的素描。老师教的是画石膏像，家里摆的还是石膏像，不是大卫，就是海盗，一遍遍地画，总觉得没画好，接着再画，铅笔画完，碳条再画。我对他说，别总跟石膏像较劲了行不行？他说，老师讲了，画石膏像是打基础。我说：你这基础打得差不离儿了，再好的饭菜总吃这一样的，也让人吃腻了，总看你画的这些石膏像，看得我都快吐了！

　　于是，我劝他到天坛来，和我一起画画。他的腰椎，找了好几家医院看，大夫劝他先不要做手术，这让我对他的腰有了信心。我对他说：您走出您的象牙塔来吧，画画活物，活人！咱们画画，就是图一个乐儿，您可倒好，老想往学院派那边靠！

　　他有些羞愧说：腰让我去了一块心病，我倒是真的想去天坛和你一起画画，就是路太远了。

　　我将他的军：比到广安门还远？从天通苑坐地铁 5 号线，直接就到天坛。

　　他摇头：坐地铁，我怵头，地铁站上下楼梯，我这腰受不了。

　　我接着将军：这是推辞，到天坛画速写，赶不上你去美术班画石膏像，更有诱惑力，或者说更感兴趣。

　　就这样，来回好多次回合，这一次算是把他挤到墙角里了。他答应，一定跟我一起去天坛画画。

　　我和他约好时间。那天上午，我还没到天坛，他打来电话，告诉我，他已经到了，在天坛东门口等我。我赶到天坛，一进东门，就看见他坐在人家工作巡逻的电瓶车上呢。我招呼他，问道：那么远，你倒是到得早！他笑着说：架不住我笨鸟先飞呀，好不容易来一次，还不得来早点儿？

从他家到天坛，确实路不近，他这样老腰，来一趟真是不容易。我扶着他，心里有些责备自己，不该这么逼着他非来天坛画画不可。

我问他：你想到哪儿画画？

他说：哪儿都行。别走太远了。

我们走到通往祈年殿的那条大道上，大道两旁，有很多座椅，我们找了空椅子坐下，他从背包里掏出画夹，厚厚大大的画本，画笔分为铅笔、碳条，家伙什齐全得很。我拿出我的小小的画本和画笔，对他说：看看我这个，画本，五块钱买一本；笔，五块钱买两支，土八路的干活。赶不上你这些家伙什，完全是正规军的装备呀！

他笑了：行啦，我这些都是从网上买的，很便宜！

然后，他对我说：来天坛，不是因为路远，也不是怕坐地铁爬爬楼梯，跟你说实在的，是怕露丑，当着外人画，心虚，最怕别人看。人家站在你旁边，再说点儿什么，老脸更是挂不住。

我笑他：你是新媳妇呀，还怕人看？也跟你说实在的，没什么人看，人家都是逛天坛来的，谁关心你画画？就是有人看，人家都会说好话，夸你两句，走人了，谁吃饱撑得慌了，还给你的画挑点儿毛病，再费口舌指点你几句？

还是心虚，脸皮儿薄！他这么说着，看着我开始画了，也拿起笔来了。

我在画前面椅子旁边的三个老人，两个坐在轮椅上。一个坐在长椅上，正在聊天。上午时分，外地游客来得不多，大多是北京人，老人居多。看着三个老人，两个坐轮椅了，想起自己，退休十二年，年龄也开始向他们那儿奔了，趁着腿脚儿还利落，多来天坛几回。还能画画，这乐儿就更多了几分。

路过这里的人，有凑过来伸伸头瞟两眼的，有站在我们身后看一会儿的，走马灯一样，陆续走了几拨儿，又来了几拨儿。我画得入神，几乎没有感觉到身边有人，就听见他在和人说话。人家在跟他说我画的画：画得还挺像的，你看，前面的那三个人，还真的差不离儿！我猜想，这家伙，肯定是还没画呢，便扭过头，说他：你也赶紧画呀！他有些羞涩地说：总有人看。我说他：看怕什么，人家都会夸你，不信，你画画看！旁边刚才跟他说话的那个人也怂恿他：画嘛！没人说你！

他开始画了。我在画前面那一排树，还没有画完，他已经画完了两张，我侧身凑过头往他的画夹一看，画的都是我的头像。别说，画得不仅快，还真的很像，一点儿不比专业画画的差。我转身对那人说：怎么样，画得挺像的吧？那人连连点头：真的很像，一看以前就是画画的。

刘再生腼腆地笑了，对我说：大姑娘上轿头一回，第一次在外面，当着外人露丑！

第一次，就画得这么快，这么好，以后，你还了得呀！画活物，画真人，感觉就是不一样。画速写，和画石膏像素描，更是不一样，对吧？我对他说。

他也说：还真的是不一样。

我一把拿过他的画夹，对他说：这两张速写送给我了！说着，从画本上撕下这两张画。

阳光正好，温暖如水，洒满我和刘再生的肩头。

路过这里的人，

有凑过来伸伸头瞟两眼的，

有站在我们身后看一会儿的，走马灯一样。

天 坛 画 者

Chapter 35

超短裙

我坐在靠近祈年殿西侧的长椅上画画。那里有一排椅子，国庆节前新漆了棕色的油漆，很是光亮，间隔不远就有一把，方便游人休息。

忽然，看见我前面一把椅子上坐着一个老太太，一个穿着超短裙的年轻姑娘蹲在地上，从一个打开的旅行箱里拿出东西，递给老太太。老人坐在椅子上面，姑娘蹲在下面，有一种尊老谦恭的姿态。我想赶紧把这一场景画下来。

这一对老少，刚才在进东门不远的地方，我就见过。老太太拖着一个拉杆行李箱，穿着时髦的姑娘在后面跟着。当时，心里有些奇怪，也有些埋怨，老太太的年龄不小了，为什么要让一个老人拖着行李箱？

如今，逛天坛的外地游客很多，不少为了赶时间，是在刚下火车之后或者要赶火车之前，忙里偷闲来的，拖着沉甸甸的行李箱的人有很多，成为天坛的一道独有的风景。在别的公园里，比如故宫、北海、颐和园里，都很少见。这是因为天坛离北京老火车站和南站都不远，来去那里都算方便。这也是天坛的外地游客多的一个因素吧。

现在，姑娘终于弓下腰身，蹲了下来。也许，是我不了解情况，误解了姑娘，兴许是走累了，老人心疼姑娘，硬从姑娘的手里拉过了行李箱，想让姑娘歇歇呢。不管怎么说，眼前姑娘蹲下来的样子很好，我想赶紧画下来。谁想，刚要画，姑娘就站了起来，身子正好挡住了老太太。光画她一双光光细细的长腿，没有意思。我也站了起来，走了过去。

我看见地上的行李箱里装满的都是吃喝的东西，面包、香肠、牛肉干、饮料，还有各种零食，样样俱全。这不像是为赶火车或刚下火车逛公园的游客，而是在北京已经住下有备而来的人了。

我对老太太说：您好福气呀，有孩子陪您逛天坛，还给您带来这么多好吃的！

老太太正在吃一包豆腐香干，一边香香地嚼着，一边笑着，顾不上说话。

我问道：这是您的孙女吧？

老太太点着头说：是。是外孙女。

我又问：您今年多大年纪了？

老太太告诉我：八十六了！

我惊讶地说：那您就更有福气了，这么大年纪还能来北京逛逛！

老太太一脸喜悦，满脸的皱纹笑开了一朵金丝菊，指着这个姑娘说：是！是！来半个月了，都是外孙女陪我逛！

我问她：您这是从哪儿来呀？

她告诉我一个地名，我听不大清，好像也没听说过这个地名。

外孙女在旁边告诉我：是成都下面的一个地区。然后，又告诉我，说她姐姐生小孩，外婆特意来看看孩子，顺便逛逛北京。

我夸奖了她：一直都是你陪你的外婆，多孝顺呀！

她有些腼腆地说：姐姐刚生下小孩，只有我陪了呀！外婆从来没有来过北京呢。

聊了起来，我知道，姐妹俩大学毕业，先后在北京工作，安定了下来，一直想接外婆到北京来玩玩，天远地远，年龄大了，外婆一直不想来。姐姐生了小孩，外婆想看重孙子了，要不还不会来呢。外婆吃不惯北京的东西，再说，公园的东西也贵，就买了这样一箱子外婆爱吃的东西，拉着它，逛了北京好多个公园。

我对这个超短裙姑娘忽然有些感动。不是每一个年轻人，都愿意这么做的，陪自己的男朋友，可能有这样的热情，陪老人，一天两天可以，一连陪了小半个月，需要请假呀，谁敢说自己也能做得到？

我再一次夸奖了她，然后再一次对老太太说：您真的是好福气呀！

老太太再一次笑了，笑得面孔那样的舒展，光滑得让阳光如水一样可以在上面欢快地流淌。然后，她伸出一个巴掌，对我说：还有五天！

老太太的这句话，让我的心里一动。老太太心里在计算着日子呢，好日子，总是不禁过的，她有些不舍得这样难得的好日子。老太太已经八十六岁了，下一次再来北京的机会很小了。

人生，对于个人而言，

多是命运浮沉；

对于亲人而言，其实就是聚散离合。

祈 年 殿 外

Temple of Heaven

人生，对于个人而言，多是命运浮沉；对于亲人而言，其实就是聚散离合。经历了一辈子颠簸的老人，自然明白这一点，年轻人，如这位超短裙姑娘一样，也能珍惜这样和老人风云聚散的机会，真的让我感动。

我忍不住回头看了一眼姑娘。我发现，她的眼睛里闪动着泪花。

Chapter 36

袋 装 参 茶

是的，在天坛，我看到，或者说我注意到的更多是老人。或许，是因为我自己也老了的缘故吧？

清早，我坐在一棵古柏树荫下，想画对面祈年殿外面的一段红墙。一个老太太颤巍巍地向我走了过来。她走到我的身边，递给我一个小小的纸袋，对我说：你能帮我把它撕开吗？

我接过纸袋，是一个类似装茶叶或感冒冲剂那样的小袋子。袋子有些旧，或者是因为在老太太衣袋里揉巴得有些皱巴巴的了，袋子边缘上应该有的小缺口，被磨得有些看不大清。我找到了缺口，顺便看清了纸袋上印着的字，是一袋可以冲泡的参茶。同时，我也看清了保质期已经过了。

我正要告诉老太太，参茶已经过期了，老太太对我说话了：是前两天孙子给我特意买的！那语气带有一种温情。我把到唇边的话又咽了下去，撕开纸袋，递给老太太。

老太太拿过纸袋，谢过我后，对我说：老了，不中用了，连这个都不会撕开了！

这话说得我的心里一动，非常不好受。不知道为什么，我忽然想起我的母亲，有一次纫针的时候，怎么也不能把线穿进针鼻儿里去，让我帮她。我从她手里接过针线，很快纫好针，母亲也对我说了这么一句：真的是老了，不中用了，连个针都纫不上了！那时，母亲七十多了，说得有些伤感，我劝慰她说：看您说的，什么不中用了，就是眼神儿不如以前了呗，谁到了您这岁数，眼神儿还能像以前一样呀！

我也这样地劝慰老太太：看您说的，什么不中用了，就是眼神儿不如以前了呗，谁到了您这岁数，眼神儿还能像以前一样呀！

老太太没有说话，摇了摇头。

我问她：您今年多大岁数了？

她告诉：七十六了。

七十六，其实并不太老，但老太太消瘦而有些缺少血色惨白的面容，还有刚才走路的样子，让我觉得她像一个八十多岁的人。

她把袋装的参茶，倒进保温杯里，使劲晃了晃，没有喝，盖上了盖子。她没有要离开的意思，像是有什么话要和我说的样子。我请她坐下来。周围有一些晨练的人，老太太没有找别的人，而是找到我，让我有一种被信任的感觉。

她缓缓地坐下来，对我说，又像是自言自语道：真是不中用了。

在天坛里，常常会碰见像她这样岁数甚至更年老的老人，好多人生龙活虎还在蹦跶呢，而且，比她要乐天。她说得有些悲观，我猜想，并不会仅仅是因为撕不开参茶的纸袋。聊起天来，我知道了老太太的大致经历，十多年前，老伴去世，前两年，唯一的儿子又突然先她而去，白发人送黑发人，心情可想而知。她的家离天坛近，地段好，房价高，孙子让她把房子卖了，自己也把房子卖了，两处换在一起住。老太太不愿意，坚持住在老屋里，不仅是因为到天坛里遛弯儿近便，也是因为那是和老伴结婚以后一同住了几十年的老屋。

或许，就是因为没有同意孙子卖房的提议，和孙子的关系有了隔膜。但也不至于给老太太过期的参茶吧？不知为什么，和老太太聊完后，我对这个孙子很是不满，心里想，如果面对是我的妈妈，或者是我的奶奶，作为一个儿子和孙子，我会这样做吗？或者，我的孩子给我买的是这样一种过期的食品孝敬我，我会是一种什么样的感觉？望着老太太，忽然，不知为什么，我有一种想落泪的感觉。

老太太却对我说：现在，最大的快乐，是每个星期天，孙子带着他的孩子一家子到我这里看我一次！每一次，都会带东西来，不空手！这参茶就是上星期天带来的。

您好福气呀，四世同堂呢！我只好这样对老太太说。

一直到老太太和我告别，我也没有将参茶过期告诉她。望着老太太佝偻着身子颤巍巍远去的背影，心里一直在周折，是应该告诉她好呢，还是不告诉她好呢？

一连好几天，只要到天坛，我总会想起老太太，想起老太太那袋参茶。也想，或许是粗心的孙子没有注意到参茶纸袋上打印的那一行保质期的小字。只有这样想，心里才替老太太宽慰一些。

Chapter 37

银杏树叶黄了

银杏树的叶子全黄了。进北天门内，大道两旁的两排银杏树的叶子，遮天盖地，一片金黄。大自然在这个季节里，才如此奢侈地将这样炫目的色彩，通过银杏树，挥洒在人间。

其实，秋风瑟瑟一刮，大多数树的叶子都会渐渐变黄，但哪一种树的黄叶，也无法和银杏树叶相比，其他树叶只能说是黄，而缺少了银杏树叶黄中透亮且透明的金色。只有银杏树叶，才有这种金黄色，用绘画中独有的"提香色"，可以与之媲美。

在那里，为银杏树拍照，或者以银杏树为背景为自己拍照的人很多。银杏的黄叶这是这个季节里天坛最为壮观的景观。大多数是外地游人，他们刚进天坛，一眼撞见这样蔚为成阵的金黄色，自然要叹为观止，忍不住拿出相机或手机。北京人不会，尤其是经常来天坛的北京人，一般不会在这里和外地人抢镜头。这里的银杏树固然漂亮，但这里的银杏树长得高大，叶子浮在半空，照出的照片，叶子显小，没有看到的那样壮观。

走过这两排银杏树，往右拐个弯儿，到了祈年殿大门前，再往右拐个弯儿，丁香树丛边的绿草坪上，并排长着两株银杏树，长得高矮合适，枝繁叶茂，北京人会选择到这里拍照，这里成了网红打卡地。每年这个季节，路过这里的时候，我都会看见不少北京人拍照。一组人马，又一组人马，排着队，有次序地，分别跑到那两株银杏树下，手机，相机，啪啪啪啦一个劲儿地照。树上，树下，都是金光闪闪银杏树叶，叶子厚厚地铺在绿色的草坪上，黄绿相间，更是鲜艳。照相的人，会弯腰捧起满满一把银杏树叶，然后伸直了胳膊，朝天空撒去，纷纷金雨飘落，照相的人不失时机地按下相机的快门。每年，都会看到这样的金雨飘飘洒洒，都会听到这样的快门声响清亮。

立冬那一天路过这里，看到一群女人在树前面换装。在这里照相的大多是女人，换上漂亮的外衣，披上漂亮的花头巾，都是经常出现的事情，不足为奇，有的还特意穿上汉服。有的是刚买来的新衣裳，挂在衣裳上的价钱标签还没来得及撕掉，就到这里"搔首弄姿"地照相了。

今天，这群女人不一样，不是简单地换件外衣、披条头巾，而是完全地脱掉外衣，连最里面的秋裤都脱了下来，光着大腿，光着胳膊，换上了旗袍。脱下了皮鞋或靴子，光着脚，穿上了船鞋，然后，次第跑到银杏树下，摆出姿势拍照。虽然，今天天气不错，阳光很好，但毕竟是立冬，这样一身夏装，冻得她们还是有些哆嗦。

是一群五十多岁的女人，芳华早逝，毕竟还没有到老年，抓住人生最后的辉煌，为自己拍下这个年龄阶段最漂亮的照片，留一份纪念，冷一点儿，也算不得什么。秋末冬初的银杏树，和她们人生这个时辰正相适配，那一片金黄，是她们最后的却也是最灿烂的金黄。

秋末冬初的银杏树，

和她们人生这个时辰正相适配，

那一片金黄，是她们最后的却也是最灿烂的金黄。

天 坛 之 秋

Temple
of
Heaven

一个身穿红色旗袍的女人，袅袅婷婷地跑了过去，倚在银杏树旁，左腿弯起，脚后跟蹬在树干上，双手背后，昂首挺胸，等着拍照，阳光透过头顶的银杏树叶，斑斑点点洒落在她的脸上和身上，碎金子一样光芒跳跃。在这一群女人中，她的个子最高，身材最好，穿上这一袭红色旗袍，鹤立鸡群，俨然模特，格外打眼。我忍不住拿出手机，抢拍了一张照片。

等她从树下跑过来，路过我的身边的时候，我把手机打开给她看这张照片，夸奖她：看，多漂亮啊！

她拿过手机，仔细看了看，笑着回过头冲伙伴叫了起来：快看啊，这位大哥拍得好漂亮啊！

我对她说：不是我拍得好漂亮，是你长得就漂亮。

伙伴们围了上来，看后，纷纷说：真的是好看，把你拍成一个十八岁的小姑娘了！

她笑着直摇头：还十八呢，都五十多了。然后，她忍不住对我说：都五十三岁了！

伙伴们怂恿她，还不把这照片发你的手机里？她便要加我的微信，我说，这么麻烦干什么，我用你的手机再给你拍几张，不就得了！

她把手机递给我，袅袅婷婷地又跑到银杏树下。我为她多拍了几张，她一张张看，不住夸我拍得好，忍不住招呼伙伴快来看：这张拍得最好，风把旗袍都吹起来了。

风把旗袍的下摆吹得很飘逸，她那一双修长的美腿，在一地金色的银杏树叶的衬托下，玉雕一样，很有光泽，很是漂亮。

这是一群刚刚退休的同事，约好了，到天坛拍银杏树。她们一起工作多年，彼此很熟悉，和我是素不相识，在那一刻，却很有些相逢何必曾相识。银杏树，在这里默默站了一年，只有到这个时候，让人们向它们走近，也让人们彼此走近。

Chapter 38

花 老 道

　　还是在这两株银杏树下，一个女人摆着姿势在照相。她的样子很引人注意，注意的主要原因：她穿着一件红底绿叶开着红白相间的大朵牡丹花的宽松坎肩，中间系着一溜儿大大的蜈蚣扣袢，民族风，让人一下子想起诸如《黄土高坡》一类的民歌。

　　吸引人注意更主要的原因，还不在于这件大红大绿色彩过于浓烈的坎肩。这个季节里，到这里照相的女人，花枝招展，穿成什么样的都有，银杏树下，是一个大众的 T 型台。她是一个矮矮胖胖的女人，看样子，年龄也不小了。如此打扮，照老北京话说，是有点儿像"花老道"的样子。"花老道"，是老北京话，最早是说一种翅膀长得花里胡哨的蝴蝶。路过这里的人们纷纷投射在她身上的目光，像是在说：呵，胆儿够肥的，真敢穿！

　　她一连照了好几张，别看胖嘟嘟的，水桶一样的老腰，倒还挺灵动的，来回扭摆着，歪着脑袋，做小女儿状，甜蜜蜜地笑着。

　　她照完后，走到一旁，一个女人向她走了过去。这个女人和她的岁数差不多，属于那种嫌事不热闹的主儿。她伸出手，摸了摸胖女人的花坎肩，说道：你这衣服够漂亮的呀！

我站在一旁听，觉得这人有点儿没事找事，话语和眉眼之间，流露出轻蔑，甚至挑衅的意思。心想，萝卜白菜，各有所爱，人家爱穿什么穿什么，碍着你什么事了？

胖女人属于那种心大的女人，并没有听出什么轻蔑和挑衅，以为是在夸她，没心没肺地冲她笑笑。

这个女人接着说：别看你这么胖，穿上它还真抬色！哪儿买的？

这叫哪壶不开提哪壶，胖人最忌讳人家说她胖，这不是有点儿拱火吗？野百合也有春天，胖就不能穿漂亮点儿了？听她们两人说话，一口京腔，都是老北京人，心想别呛呛起来，火赶火，再吵起来。

但是，在天坛，很少见到吵架的。林子大了，什么鸟都有，天坛有接受各种鸟的包容性。当然，也得说是胖女人好性子，以为她真想也买一件这样的花坎肩，告诉她：我在拼多多上买的，才80块钱。我脱下来，您穿上照张相？

这个女人连忙摆手说：好家伙，我可不敢穿，这样艳乎，还不成了"花老道"了？

胖女人还是一个劲儿地冲着她笑。

Chapter 39

梧桐树

几天没去天坛，再去的时候，路过那两棵银杏树，叶子居然全都落光。走进北天门，那两排高高的银杏树的叶子，也都落得一片也不剩。仅仅几天的时间，树上的叶子说没有就都没有了，就像绝尘而去的马队，像绝情远走的情人。

坐在二道墙外面的一棵高大的梧桐树下，想画它，它的叶子还没有落光，寒风中，大鸟一样驮着午后的温暖的阳光，扑扇着翅膀，但也耐不住性子，扑簌簌地在飘落着阔大的叶子。

想起张爱玲曾经描写过的句子：梧桐落叶，要吻地上它的影子。

又想起刘亮程写过的句子，不是写梧桐树，是大杨树，他说：树睡在自己的影子里，朝着月亮的叶子发着忘记生长的光。

便忍不住又想起了银杏树。落光叶子的银杏树，还不如梧桐树和大杨树，梧桐树的叶子只是正在落着，而大杨树的叶子还在生长着，它们都有自己叶子的影子。落光叶子的银杏树，连自己叶子的影子都找不到了。

它的叶子还没有落光，

寒风中，

大鸟一样驮着午后的温暖的阳光。

天 坛 二 道 墙 的
一 座 门

Temple
of
Heaven

Chapter 40

发小儿是那把老红木椅子

　　我和黄德智有好多年没有见面了。我给他的手机、他家的座机打了好多次电话，都无人接听。一下子，联系中断了。

　　我们两人是发小儿，小时候，家住得很近，他家住草厂三条，我住西打磨厂，穿过墙缝胡同就到了。为了便于监督管理放学之后学生写作业，老师把就近住的学生分配到一个学习小组，我和黄德智在一个小组，学习的地方就在他家，学习小组的组长，老师指定他当。几乎每天放学之后，我都要上他家写作业，顺便一起疯玩。

　　可以说，我们从小一起长大。多年未见，很是想念，便写了一篇文章《发小儿是那把老红木椅子》，在《北京晚报》上刊发。之所以选择在《北京晚报》上发表，是想黄德智容易看见，兴许就能够联系上了。

　　还真的联系上了。老北京人愿意看《北京晚报》，从当年2分钱一张的晚报，一直看到了现在。电话里，黄德智这样对我说。

　　电话中，我知道，他常常骑自行车到天坛遛弯儿，我说我也常到天坛画画，便约好在天坛的双环亭见面。

这一天中午，我们俩同时走到了双环亭，我在亭内，他在亭外，几步之遥，他招呼我，我一眼看见了他。如此准时准点儿的约会，倒像是青春期的男女恋人之间才有。我们俩都笑了。

　　他没有骑自行车，是打车来的，中午吃饭有点儿晚，怕误了时间。我说他：都退休了，没有什么要紧的事情，早一点儿，晚一点儿，算什么，你可是真会掐点儿！

　　他笑笑，没有说话。他就是这样一个严谨之人。

　　坐在亭子里的绿色椅子上，他先向我道歉，说这么多年没有见面，是家里有些不顺心的事情，心情一直不好的缘故。没等我询问，他先开口：你说怎么什么倒霉的事情都让我赶上了呢！

　　原来是儿子的事情。儿子快四十了，一直没有结婚，前两年突然结婚了，先斩后奏，通知一下他罢了。先斩后奏，就先斩后奏，找的这个女的，是离过婚的。

　　我劝他：老话儿说了，儿孙自有儿孙福，孩子大了不由娘，你操这么多心也不管用。再说了，现在找离过婚的，也没什么。大概是女的长得漂亮吧？

　　他摇摇头：一个人一个标准！我也想了，离过婚的，就离过婚，还带着孩子。带着孩子就带着孩子吧，关键是我想让他们再生个孩子，他们不生，我们黄家不是断后了吗？

　　关键的问题在这里。黄德智是个老派的人，传统观念极强。他家弟兄姊妹五个，就他生了一个儿子，传宗接代的任务就落在他儿子的身上。黄家把这件事看得很重，黄德智看得更重。心情抑郁不舒，整天憋在家里，不是生闷气，就是写他的书法。

这是他自童年就有的爱好，一笔好字，让他暂时忘掉一些烦恼，却难以解开心中这个死结。

除了骑自行车到天坛，他哪儿也不去。他和外界没有了什么联系，唯一的联系方法，得通过他妻子。前两年，智能手机普及，妻子给他也买了一个，但他的手机里只储存了两个电话号码，一个妻子的，一个是儿子的。

这不，今天来天坛之前，又加了你一个，我就这三个电话号码。他对我说。

我劝他，别这么封闭自己，咱们年龄都不饶人了，心情至关重要，心情不好，病就容易找上门来了。

他说可不是，前两年检查身体，什么都高，血压高，血糖高，血脂高，尿酸也高……

我就更劝他。只是，劝慰的话好说，事情轮在自己的身上，纾解自己的心情，都不那么容易。过去老话说，儿女就是活冤家，爹妈给儿女当一辈子马牛，一代代，很多人家都是如此。孩子越大，所谓的天伦之乐，比起苦恼，就越发被代际的矛盾隔膜压榨得少得可怜，要不现在好多人都不愿意要孩子呢。本想这样再劝劝他，又一想，这不是更加火上浇油吗？话到唇边，又咽了下去。

我转移了话题，提到他得看病吃药的事情上来了。什么都高，他却不吃药，他自认为没有什么病。这可不行，不能讳疾忌医，咱们这么大年纪了，有病是正常，没病是不正常的，比不上年轻的时候了！我又劝起他来。

这个话题，是人进入老年后的老话题，常说常新，百说不烦。不过，黄德智一辈子热爱书法，手不离笔，都说书画家长寿，书法确实是他抗拒疾病和坏心情的一剂良药。

黄昏时分，分手时，黄德智将手提的一个塑料袋送给我，里面是他写的一些书法作品。

找个树荫，静静地一个人坐下来，打开来一幅幅仔细地看。是他抄录的辛弃疾和黄庭坚的几首词，还有一把香妃竹折扇，扇面上，一面行草抄录林逋的一联梅花诗：众芳摇落独芳妍，占尽风情向小园；一面蝇头小楷抄录着辛弃疾的《贺新郎》，是那阕有名的词，虽有着"我见青山多妩媚，料青山见我应如是"这样达观豪放的词句，却在开头写着"甚矣吾衰矣，怅平生交游零落，只今余几"的怅惘之词，想是他如今的排解不去的心情。心里不觉叹息。

还有厚厚一卷，一共十五页宣纸信笺，满满工整小楷（他的小楷写得最为漂亮），是写给我的一封信。在信中，他再次因好多年没能相见向我道歉，然后，他回忆了我们之间的很多往事，其中有些我都记不清了，他却记得那样深切。其中有这样三件事：一件是 1977 年，恢复高考，我骑车到他工作的肉联厂劝他考大学，那时他刚结婚不久，考虑养家糊口，舍不得丢下工作，没能听从我的意见。一件是 1978 年春节我结婚，他到我家庆贺，我用滚开的热油浇鸡蛋黄做成沙拉酱，为他做一盘西餐沙拉。第三件，是 1974 年的春天，我刚刚从北大荒调回北京去找他，他家已经从原来的老宅院被赶到东边不远的一间窄小的小屋。"那天我在家里不知正干什么呢，忽然听到门口你大声喊着我的名字进了院，你那文绉绉斯文的白面书生变了个人，多年已未听到你那年轻豪爽的高嗓门了……"

琐琐碎碎的一些往事，串联起我们的友情，让青春的回忆变得可触可摸，让我很是感动。

在信中，他还抄录了1974年春天我们重逢后他随手写下的一首诗——

家住陋瓦屋，无人行到门。

出身阻行客，萎弃碍友人。

喜鹊枝头叫，燕子低吟勤。

惊呼黄德智，原来是至尊。

感君登卑舍，立言向君陈。

日夜秉笔吟，心苦力更辛。

虽是富家子，怀志永为民。

开怀东门望，目送语不云。

看到这里，我的眼睛湿了。黄昏时分的天坛，依然游人如织，水流一般喧嚣着在我的身边来来往往，我什么也看不见，听不见，只觉得松柏枝叶间的夕阳，有些晃眼，落在信笺上，一片金红。

童年建立起来的友谊，真的就如同老红木椅子，年头越老，越结实，耐磨耐碰，漆色总还是那么鲜亮如昨。而且，有了岁月打磨过的厚重包浆，看着亮眼，摸着光滑，使着牢靠。

Chapter 41

古柏日晷

　　天坛里最多的树木，该是柏树了，据说，有几万棵，树龄在几百年之上的就有五六千棵。在天坛，柏树的代际区别是极其明显的。内垣和外垣前的柏树林，种植的是年轻的新树，而散落在园内的很多柏树则是老树，甚至有明朝时就有的六百年以上的老柏树。在植物之中，相比娇艳的花草，树的生命要长久得多。人类和树比起来，就显得越发渺小，最多百年之躯的人，哪怕是帝王，都是无法与几百年乃至上千年的树木相匹敌的。人在天坛，在这些蓊郁森森的古柏面前，显得很渺小。

　　很难设想，天坛里如果没有了这些古柏，将会是什么样子。俯瞰祈年殿和圜丘四周，只是一片光秃秃的地面，或者是一些杂花新树，该会发出怎样的喟叹？肯定会感觉像是元帅麾下没有了威武成阵的将士，而只是一片花拳绣腿。

　　走到这些古柏密密的荫下，有时，我会想，没有了古柏，哪怕是盛开着鲜艳花朵诸如桃李海棠一类的树，簇拥着祈年殿和圜丘，也是不适合的。只有古柏，才和天坛剑鞘相配，才如彩云拱月，托起了整个天坛。

　　有一棵古柏，在天坛里很特别。它是斜躺在那里的。不知道什么原因，让它从巍巍直立变成了这样子的。是雷雨？是地震？是战火？在天坛漫长的历史中，在人为的战火和自然的灾难中，无辜倒下而死亡的古柏有很多。我一直都觉得它很不情愿，不甘一头栽倒在地。它的枝干离地面很近了，眼瞅着就要倒下了，但它还是坚强地支撑着，箭镞一样斜指向天空，就像战场上一个中弹也不肯倒下的战士。于是，它与众不同地活了下来，定格成今天这样，像一尊罗丹或马约尔的雕塑。

它很粗壮，纵使躯干已经被扭曲成这样，一年四季，枝叶茂密，生命力依然旺盛如年轻时候。每一次经过它那里的时候，我都要站在它身边看一会儿，有时会觉得它如同一尊卧佛，洞悉世事沧桑与人生况味，有几分幽邃和神秘。

这棵古柏，我小时候就见过，几十年过去了，它还斜卧在那里，只是以前我可以爬到树上玩耍，现在它被铁栏杆围起。几十年过去了，我垂垂老矣，它还是像以前那样枝繁叶茂。几十年算什么，几百年都过去了，它不是照样青春如昔吗？如今，它的树根处，居然又长出的新的枝丫，许多青草也爬满四周，甚至缠绕上它苍老皴裂的躯干。这时候，我觉得它就像一只鸡婆，四周围绕着一群鸡娃，或者像一个孙儿绕膝的老爷爷，充满人间烟火气息。

夏天，我坐在它对面画它，觉得它越发枝叶茂密，浓郁的苍绿如一潭深湖。我一遍遍端详它，仔细看遍了它的浑身上下，忽然，觉得它好像在对我讲话，只是我听不懂树的语言。风吹树叶沙沙的响声，不是树的语言。树的语言，无需借助风。树叶也不是树的嘴巴。我们知道树和我们人一样，也会呼吸，吸进二氧化碳，呼出氧气。但是，我们不知道树和我们人一样，

风吹树叶沙沙的响声，

不是树的语言。

树的语言，无需借助风。

不 倒 的 古 树

Temple
of
Heaven

也会说话，我们不知道树的语言是什么。我们的先人就讲究天人合一，我们如今更讲究人与自然的和谐。但是，我们听不懂树的语言，我们和它们隔膜得很。

古柏很有特色，尤其是天坛的古柏，因融入苍茫的历史而富于生命的力度和深度。当年，梵·高居住在法国阿尔的时候，很爱画柏树，即使人病重都住进圣雷米疗养院里了，还在画疗养院里的柏树。他说："柏树在线条和比例上都很美，像埃及的方尖碑。"我从来没有听说过有人以这样崇高的比喻比拟柏树。

史铁生对地坛的古柏情有独钟，也曾经从绘画的角度说那里的古柏"躯干和树冠可以表现的元素太丰富了，随便换个角度都会感觉不一样"，说它们"纠缠在一起的枝条，像是岁月无声的撕扯"，说"这些和树干扭曲在一起的大疖子有特殊的故事感"。

面对柏树，梵·高从画家的角度观察，史铁生从作家的角度感知。史铁生强调它们的故事感和历史感等文学方面的元素。梵·高强调它们线条和比例这样美术方面的元素。或许，两者结合在一起，才可以更丰富而准确地概括天坛里的古柏给予人们的启示，让人们更能认识它们。

梵·高画的柏树，是丝柏树，和天坛里的柏树不完全相同，而且，也没有天坛里的柏树古老。不过，他对柏树的这个"方尖碑"的比喻，让我感到新鲜。我想，如果梵·高眼里普罗旺斯的柏树是"方尖碑"，天坛里的古柏，尤其是我自童年就见到的这棵斜卧而顽强不倒的古柏，又该像什么呢？我一直想找到一个比"方尖碑"更崇高更合适的比喻。可是，思短词穷，一直没有找到。

有一天，我到北大参观塞克勒博物馆，忽然看见它院落里的石座上放着一块日晷，日晷是由一个针一样细细的支柱支撑，呈斜立状。我一下子想起天坛里的这棵古柏，不也是斜立着吗？而且，比日晷的斜度还要大。我觉得古柏，起码这棵古柏就像我们古代的日晷，直指天空，直指时辰，和天坛正相吻合适配。

Chapter 42

彩色不适合古柏

夏天，最热的时候，祈年殿大门外，一位画家，在画古柏。这是我第二次看见他画古柏了。而且，是画同一棵古柏。

他的年龄不算小了。戴着一顶黑色的棒球帽，坐在他自带的一个折叠马扎上，颇大的画架上，夹着一张2开大的素描纸。用炭条，粗粗的线条，黑白相间，画古柏，最适合。很难想象用水彩，或用水粉，画出的古柏是什么样子。鲜艳的色彩，柔弱的线条，不适合古柏。我用钢笔和铅笔画过古柏，效果就差多了。油画可以，梵·高画的柏树，是油画，但油画的色彩还是有些鲜艳，难以画出天坛古柏那种融进历史无言的沧桑和苍茫。

炭条更合适。炭条所呈现出粗壮的黑色，沉甸甸地赋予力量，让一切的喧嚣和浮夸乃至矫饰，如沙沉水底，统统沉淀了下去。在北京的皇家园林里，都有古柏，但哪里都不能和天坛的古柏相媲美，即便故宫也如此。因为，天坛的古柏是成片成阵，百里分麾，吹角连营，这是唯天坛古柏独有。

他画得实在是好。

他画得很慢，对照着眼前的这棵古柏，一笔笔写实，每一笔都能在这棵古柏身上找到出处。但是，素描不是照相，拍出来的照片，还是能够看出古柏身上枝干和树叶具有的色彩；粗粗的炭条，完全过滤掉了色彩，洗尽铅华，将一切色彩化为单一的黑白灰。就像马蒂斯所说的："黑色也是一种彩色。"在古柏上，马蒂斯的观点体现得最为突出，黑色将古柏内在的生命力度和沧桑感，表现得最为恰到好处。如果将黑色换成彩色，古柏会像二八月乱穿衣的我们，就像常到天坛里跳舞爱穿花衣服的大妈们了。

上一次看他画古柏时，四周围满了人。他旁若无人，只管自己画。他不时会用手擦一下画面，让已经涂抹上的黑色变浅，甚至隐隐约约变无，留在纸面上的黑线条，变得更加突出。由于他画的线条很硬朗，画面更有一种木刻的效果。而且，他画的古柏角度，很有特点。虽然他的纸张足够大了，但也装不下整棵古柏，所以他只画树干，不画枝叶，不画树梢，这让古柏更显得粗壮，让树的高度更有想象的空间。

有时候，他会站起来，不知是画累了，还是要看看画的效果。围观的人们，看看画，看看树，又看看他。

这一次，我来时，他正站在画架前，端着一个保温杯喝水。由于天早，游客不多，没有一个人观看。画纸上的古柏只画了一半，是未完成的交响乐。我看看画，又看看他，称赞他的画，他冲我笑笑，没有说话。

在天坛，独画古柏，我只见过他一个人。

Chapter 43

阅 览 室

　　有时候去天坛，除了带画本和画笔，顺便也带本书或带张报纸，歇息时看看。坐在树荫下，有清风徐来，花香缭绕，比在家里或图书馆里要惬意。那一刻，因有动人的文字介入，天坛变得文学化，有了诗韵和乐感。

　　那天，看的是一张文汇报，上面有一篇湖南作家何立伟的散文。在同行中，他的文字讲究，总有诗意洋溢。文学之所以称之为文学，"文"字在先，还是要讲究一点儿文字的艺术。这篇散文有这样几句，令我眼前一亮——

　　车开出一山坳，田地如手掌般摊开。远山淡淡的，亦如细语呼喊。

　　夜里，星子如石榴籽，一颗一颗，掉在酒杯里。

　　我们拿相机来拍照，孩子们起哄，聒噪一片，老师说："站队！站队！"他们就挤挤挨挨地排成队，一个个探头探脑杂树生花……照完了，手机连接到手提电脑，呈现给他们看，孩子们又笑又叫，乍一见自己，像被烫着了，呼地朝后跳。

写得真是很生动形象。又觉得，"田地如手掌般摊开"，很形象，很朴素；远山亦如细雨呼喊，则有些文人气，不那么朴素了。"像被烫着了，呼地朝后跳"，很生动，很形象，又很朴素了；杂花生树，则有些文人气，又不那么朴素了。

想起巴乌斯托夫斯基写过的夜晚的星星："星星一定会落到地上，花园将用自己像吊床一样浓密的叶丛接住这些星星，再那样小心翼翼地把它们放在地上，城里谁也不会惊醒，甚至都不会知道有这样的事情。"写得也很生动，花园像吊床一样接住星星，觉得比星星如石榴籽掉进酒杯里，要朴素些。

写得生动又朴素的，要数汪曾祺先生，看他写紫薇花："一个枝子上有很多朵花。一棵树上有数不清的枝子。真是乱。乱红成阵。乱成一团。简直像一群幼儿园的孩子放开了又高又脆的小嗓子一起乱嚷嚷。"抓住一个乱字，一连串干净简洁的短句子，最后一个比喻，用声音形容花的繁茂火爆。除了"乱红成阵"一个文人气的词之外，没有一个形容词，真的是朴素中见精彩的书写。

还曾经见李娟写的沙枣："当我独自穿行在沙枣林中，四面八方果实累累，拥挤着，推搡着，欢呼着，如盛装的人民群众夹道欢迎国家元首的到来。我一边安抚着民众的热情，说：'同志们好！同志们辛苦了！'一边吃啊吃啊，吃得都停不下来。似乎不如此，便无以回报沙枣们的热情。"虽然极尽夸张，骨子里却是朴素的情感表达。

做到文字的生动形象容易，但在生动形象中剔除文人化的惯性修辞，则不那么容易。

光看文章了，竟然忘记了画画。赶紧把报纸放在一旁，拿出画笔和画本。

Chapter 44

无烟地燃烧

好几天，去天坛都带着一本《布罗茨基谈话录》。这一天，读到布罗茨基谈起美国诗人罗伯特·弗罗斯特。他引用了弗罗斯特一首题为《劈柴垛》的诗，其中有这样一句：

> 身前身后能见到的，
> 都是一排排整齐的又细又高的树。

这是一句很朴素的诗，却是我见过的很别致的诗。弗罗斯特在劈柴垛的时候，或者站在劈好的柴垛前，见到的不是柴垛，而是"一排排整齐的又细又高的树"。这些曾经"整齐的又细又高的树"，变成了眼前的柴垛。

放下书，我看到前面不远的柏树林。那是最近一些年陆续补栽的，倒真是又细又高。

一百多年前，八国联军入侵北京的时候，把兵营安扎在天坛，砍伐了眼前的柏树林当柴烧。那可不是"一排排整齐的又细又高的树"，而是拥有几百年树龄的粗壮的柏树呀。

弗罗斯特在这首诗的最后一句写道：

树躺着，

烘暖着沼泽，

狭窄的山谷无烟地燃烧。

天坛里，那些柏树也曾经燃烧，不是无烟，而是翻滚着浓烟。

布罗茨基说："弗罗斯特指出日常的生活、单纯的语言、简朴的景观之可怕。他的罕见正在于此。"

Chapter 45

惆怅而忧伤的聚会

到天坛里来聚会的人很多，几乎每一次来天坛，都会看到三五成群的人聚会，大多是北京人，大多是上点儿年纪的人，有了时间，有了怀旧的情绪。

天坛，是老北京人聚会的客厅。

聚会，不是相会，更不是约会，因此，必定得有一定的人数，多多益善，才有聚会热闹的劲头。我想起我们的聚会，是朋友之间的聚会，这些朋友中好多还是发小儿。我们的聚会，是从插队以后每次回北京探亲开始的，有了分别，而且是长时间的分别，聚会才有了期待中的情感因素，就像陈年的酒有了积淀已久的香味。

说来有意思，那时候的聚会，我们常常是去香山，而不会来天坛。什么原因，我也搞不清楚。大概天坛离各家都太近吧，我们更愿意到远处的香山去，还可以爬山，尤其是秋天，更可以看红叶。那时，大家风流云散，到各地插队，好不容易回一趟北京，谁也不愿意就到家门口的天坛逛逛，更愿意舍近求远，也许觉得风景在远处吧。

大家开始到天坛聚会，是插队回到北京之后。将各自的青春挥洒干净之后，疲惫的老马一样，觉得香山太远了，还是就近取材，到天坛来吧，才觉得还是在家门跟前的好。每年不只一次，大家会到天坛里聚会。天坛，迅速地将我们的童年少年和老年连到一起。

最近，读梁晓声的长篇小说《人世间》，里面也提到了聚会。小说从1972年逐年次第写到2016年，他们的聚会便也从1972年到2016年。这中间四十年来每年大年初三在小说主人公周秉义家破旧低矮土坯房的聚会中，彰显出的普通百姓赖以支撑贫苦生活的相濡以沫的友情，那样让人心动。

快到了小说的结尾，2015年大年初三周家的聚会，没有了原先的风光，尽管周秉昆已经搬进了新楼，不再住贫民窟的土坯房。曾经亲密无间的那些朋友发生了变化，有的死亡，有的疏远，有的隔膜，下一代更是各忙各的，不再稀罕旧日曾经梦一般的聚会。来的有限几个人，在丰盛的年饭面前，一个说自己这高，一个说自己那高，得节食，得减肥，让聚会变得寡趣少味，曾经在贫寒日子里那样让人向往的聚会，无可奈何地和小说一起走到了尾声。

2016年的大年初三，周家的聚会彻底结束，梁晓声只用了一句话写了这最后的聚会："2016年春，周家没有朋友们相聚，聚不聚大家都不以为然。"不动声色轻描淡写的这一笔，却让我的心里为之一动，怅然良久。四十余年已经形成习惯磨成老茧的聚会无疾而终，曾经那样热衷那样期盼那样热闹那样酒热心跳那样掏心掏肺的聚会，已经让大家觉得"不以为然"。

我再次想起我们的聚会。我们的聚会，虽然不像梁晓声小说中那样彻底没有，却也是越来越少，像续水续了四十多年的一壶老茶，颜色和味道变得越来越淡。越来越少的聚会，也已经很少到天坛，一般都会选在饭店酒楼，一桌子丰盛的菜肴，鱼呀，虾呀，贝呀，鸡呀，鸭呀，酒呀，应有尽有，往往吃不了，也不兜着走。就着陈芝麻烂谷子的往事回忆，一直到酒足饭饱，晕乎乎、晃晃悠悠地握手告别。尽管饭店离天坛很近，也不会拐个弯儿，到天坛里转转了。

聚会的内容也越来越单调，除了听来的时事新闻，手机里的段子笑话，就谈过去的陈芝麻烂谷子，那些陈芝麻烂谷子，好像还能鲜榨出喷喷香的香油或甜滋滋的果汁来。我们祥林嫂一般，一遍遍地陈情诉说。不谈自己的家庭，因为有的家庭过得好，有的不好；不谈自己的孩子，因为有的孩子有出息，有的孩子没出息；也不谈自己的身体，因为同样有的身体没问题，有的有问题……

想起我们最初的聚会。那时的聚会，即使不到天坛，大多会到各家，很少到饭店。那时，家里的地方小，椅子不够，都是把桌子搬到床边，坐在床上，挤在一起。最有意思的一次，是床上坐的人多了，竟然把床板给坐塌了，倒了一地的朋友哈哈大笑的声音，至今还响亮地回荡在耳边。

哪怕家住得再远，大家也会骑着自行车一路迤逦奔去。那一年，我大学毕业，回了一趟北大荒，是我们这群朋友中第一个回北大荒的。我让那里的老乡对着录音机每人说一句话，带着这盘磁带回到北京，让大家来听。大家下班后，骑着自行车，从北京各个角落奔到我家，蒜瓣一样围着台式录音机听录音的情景，恍若隔世。如今，很多人自己开着小汽车，没有小汽车，也可以打的或网约车，但很难再有这样的情景了。

想起梁晓声的这部《人世间》中写到的聚会，我们的聚会和小说的聚会一样，也有了几分伤感的意味。

我忽然想起小说中写的这样一段情景：以前曾经来周家聚会的发小儿吕川和周秉昆坐在周家楼梯上，一起唱起《离别》中最后的那一句"天之涯，海之角，知交半零落……"，俩人都不禁潸然泪下。在时代的巨变之中，在变幻得五彩炫目的生活之中，世事沧桑与人生况味，融入变化的时代与生活之中，聚会的变化甚至结束，变得意味深长。它让我感到有些惆怅而忧伤，甚至有些挽歌的意思，那不仅是一个时代的远去，也是一代人故事的终结，从此，悲欢离合一杯酒，南北东西万里程。

《人世间》的聚会，便有了些象外之意。

人世间的聚会，真正生活中我们自己的聚散离合，荣谢浮沉，有了小说的镜鉴，让《人世间》和我们的人世间，有了某些交织，甚至恍惚地跳进跳出。

初冬的天气，难得的暖阳在身，我坐在天坛叶子几乎落光的藤萝架下，看见了一群比我年龄小很多的人聚会，一边画他们，一边不住胡思乱想。

放翁有诗：厚薄人情穷易见，阴晴天气病先知。其实，能够如梁晓声小说里坚持四十年之久的聚会，更能够"易见"和"先知"世道与人心，以及我们自己。我们的聚会，如果也是从1972年开始，到如今已经有四十七年的历史了。我们的聚会，会和小说里写的一样，也要走到尾声了吗？

Chapter 46

如歌的行板

在天坛，有很多业余音乐家，拿着西洋或中国乐器，在林荫下一显身手。他们或者是自拉自吟，或者是三五一群合奏，或者是为别人的演唱伴奏。各有各的地盘，各有各的听众，各有各的乐子。虽然很多人不过是玩儿票的，拉得或吹得呕哑嘲哳难为听，但也有真的演奏得不错的，一点儿不亚于专业水准。

我曾经见过一位拉大提琴的乐手。在天坛，玩西洋乐器的，大多是手风琴、小提琴、萨克斯、黑管、小号，玩大提琴的，我只见过这样一位。

是在靠近南门东边的泰元门前的柏树林里。那里清静，一般游人很少到，就算是北京人遛弯儿，也更愿意到东西北这三门附近，那里有树有花坛有亭子有走廊有藤萝架，比较热闹惬意。或许，人家就是为了寻求偏僻清静，才到这里拉他的大提琴的。

我是循着琴声找去的。那琴声真的很好听，沉稳中带着一点儿跳动，悠扬中带着一点儿忧郁。小提琴和大提琴同样都属于弦乐，我对大提琴有一种先天的敏感，或者说有一种先入为主的喜欢。如果说小提琴和大提琴同样具有特别的抒情功能的话，大提琴更适合表达心底埋藏已久或伤痛过深的感情，是那种经历了沧桑的感情，是"此情可待成追忆，只是当时已惘然"的感情。听大提琴，真的会在心底涌动着一种"曾经沧海难为水，除却巫山不是云"的感喟，给予你的是那种"石径埋没藏春草，铜雀荒凉对暮云"的感觉，让你的心里沉甸甸的，有几分苍茫和苍凉，醇厚的后劲儿，久久散不去。

在柏树林的尽头，靠近二道墙前，靠近泰元门的地方，我找到了。拉琴者，是个大约六十多岁的男人，他穿着整齐，面前摆着一个铁制的乐谱架，椅子上放着一个保温水杯。他没有理我，照旧拉着他的琴，很投入的样子，沉浸在自己的世界里。

我坐在离他不远的地方，静静地听。我听出来了，他拉的是柴可夫斯基的《如歌的行板》。这支曲子一般是由小提琴演奏，用大提琴，别有一番风味。

曲子不算长，他不间断地连续拉了两遍，目不斜视，只专注在他的琴弦琴弓和琴谱上，还有脚下春天新长出的青草。似乎有点儿嫌我坐在这里，打扰了他独自一人享受的宁静，想用冗长的时间赶我走。我有点儿小心眼地这样想。就不走，我就坐在这里听完，难道他还想再拉第三遍，或者换一支曲子？

没有拉第三遍，也没有换一支曲子。他放下了琴弓，拿起保温杯，拧开了盖，喝了几口水。

我走上前去，客气地和他打招呼，称赞他拉得好，告诉他我老远就听见他的琴声了。

他谦虚地摆摆手，连说："谬奖！谬奖！"有些文文绉绉。

我对他说："真的很棒，我还等着听您拉新的曲子呢。"

他笑了，对我说："不瞒你说，我就会拉这一支曲子。"

这让我多少有些奇怪。新学的？新学的，一般不会拉得这么好。我把疑问告诉了他，他告诉我："新学倒也谈不上，年轻时学过，后来赶上'文革'，忙着闹革命，就耽误了。这是前两年退休之后，没什么事情，重新又捡起来的，就学了这么一支曲子，还没有学好！"

我对他说："一听您就有童子功。我很好奇，大提琴曲有好多，您为什么非要选老柴的这支《如歌的行板》呢？它又不是大提琴曲！"

"老柴？"他的眼睛忽然一亮，望了望我，然后，问我，"你也喜欢老柴？"

"当然！"我说。在中国，没有哪一位外国的音乐家，能比得上老柴这样令人充满感情的了。我们似乎都愿意称他为"老柴"，亲切得好像在招呼我们自己家里的一位老哥儿。

"起码，对于像咱们这样大的年纪的一辈人，或者再上一辈人，对柴可夫斯基都是如此的一往情深。"我接着对他说。

他连说"是，是！"仿佛遇到了知音。索性把大提琴放在一边，和我交谈了起来。我才知道，他是中学的一位物理老师。自幼喜欢音乐，粉碎"四人帮"恢复高考后，阴差阳错，考上了大学，学的却是物理。"命运就像瞎老太太织的破渔网，也不知道哪个网眼儿就接上了哪一个网眼儿。"他苦笑一声，对我说。

我们谈起来对柴可夫斯基的理解，谈着，谈着，主要的话题，落在这样一个点上：为什么在中国，咱们这一代人喜欢柴可夫斯基。

是因为我们长期受到俄罗斯文学的影响,便近亲繁殖似的,拔出了萝卜带出了泥,对柴可夫斯基有着一种传染般的热爱?是知识分子相似的痛苦经历,让我们从骨子里对他有了一种认同感?是因为柴可夫斯基的音乐打通了宗教音乐与世俗民歌连接的渠道,有了抒情的歌唱性,又混合了一种浓郁的东方因素,便容易和我们天然地亲近,让我们在音乐的深处能够常常和他相遇并一见如故?

我们的交谈很有趣,他显得兴致勃勃,连问我是干什么的,是不是学音乐的。我告诉他:"和您一样,我从小也喜欢音乐,一直想学小提琴,那时,家里生活困难,拿不出那么多钱给我买一把小提琴,比您还早,没到'文革',这个梦就断了。"

他"呃"了一声:"明白了!我们也算是同是天涯沦落人,相逢何必曾相识呀!"

我们就此告别。走出了柏树林,我还想听到他再拉起他的大提琴,可是,再也没有听到琴声。

走了老远,我忽然想起来,谈了半天,还是没有谈明白我们为什么喜欢柴可夫斯基。

一直到以后有一天,我读到一本《十九世纪西方音乐文化史》,作者是美国音乐文化史的学者保罗·亨利·朗格。在这本书中,朗格在批评柴可夫斯基是"眼泪汪汪的感伤主义"之后,又从艺术性格上批评他:"柴可夫斯基的俄罗斯性不在于他在他的作品中采用了许多俄国的主题和动机,而在于他艺术性格的不坚定性,在于他的精神状态与努力目标之间的犹豫不决。即使在他最成熟的作品中也具有这种特点。"

朗格所说的这种特点，恰恰是俄罗斯一代知识分子所具有的共同特点。我们在托尔斯泰、契诃夫，特别是在屠格涅夫的文学作品中（比如屠格涅夫的小说《罗亭》），尤其能够感受到那一代知识分子在面对自己国家与民族命运时奋斗求索的性格，在这种性格体现的犹豫不决的不坚定性中，蕴涵着那一代人极大的内心痛苦。

明白了朗格对柴可夫斯基的这一点批评，我多少明白了为什么在我们中国那么多的知识分子——特别是老一代的知识分子，对柴可夫斯基那样一往情深，一听就找到了息息相通的共鸣。因为在我们的政治动荡当中，我们的知识分子也一样是犹豫不决地摇摇晃晃地在指点江山激扬文字的意气中、在痛哭流涕的检讨中、在明争暗斗的各种职称评奖升迁中……一步步跌跌撞撞地走过来？柴可夫斯基的音乐，因此和我们一拍即合。

我很想把我读到朗格的这本书后的感想，告诉这位中学物理老师。可惜，在天坛，我再也没有找到他。

Chapter 47

天坛之书

　　刚进天坛南门，我碰见一个熟人。说是熟人，我却没认出他来。他愣愣地看了我一会儿，问我："你是不是肖复兴？"我点点头说是。他说："我一眼看见你就像。我这人别的本事没有，记人能力特强！"

　　我忙问你是？他说："咱们是汇文的校友，你是学校里的名人，我认识你，你可能不认识我。"他报出他的大名，我立刻说："怎么会不认识？比我高一届，咱们俩在学生会一起工作过呢！"

　　意外的相逢，让逝去的岁月一下子回潮，遥远的中学时代，青葱的校园生活，重新浮现眼前。我对他说："咱们汇文新楼终于建成了，你没回去看看吗？"

　　他摇摇头说："听说了，没去凑这个热闹，那是人家的新楼，跟咱们没关系喽！咱们是挑水的过景（井），别再自作多情了！"然后，他又对我说，"要说咱汇文还得说在船板胡同的老楼，如果不是修北京火车站给拆了，那是什么气派？"

　　他说得有些悲观，一摆手，连说道："不堪回首！不堪回首！"

我们都笑了笑。

聊起天，我知道，他家住景泰里，离天坛南门很近，退休之后，每天到天坛里遛弯儿，成了雷打不动的功课。

我们两人一起由南往北走。走过圜丘和回音壁，过九龙柏，往西有一条柏荫匝地的小道，可以直通斋宫，我要拐弯儿到那里画画，便问他："去不去斋宫？"

他说不去了。自从中学毕业后就再也没有见过面，就此告别，彼此都有些不舍，或者从礼貌出发有些过意不去，我们俩便站在道边又说了会儿话。

中学毕业，他考取了北航，刚入大学一年，就赶上了"文革"，他们全班同学后来都去了五七干校，没正经学到什么东西，大学毕业分配到三线军工厂，一直到粉碎"四人帮"后才调回北京，颠颠簸簸，一事无成，一辈子就走到了尾声。

他苦笑一声，说："那时候，我要是不学工科，和你一样学文，就好了，还能像你一样写点儿东西。现在，只能到天坛里遛弯儿打发时间喽！"

告别前，我问了一句："你准备到哪儿再去转转？"

"去长廊。"说完，他转身要走，忽然，又转过身，对我说，"每天都去长廊，然后，打道回府。"言犹未尽，他又对我说，"跟你说实话，去长廊是见一个人。"

每天都去见一个人？这让我有些惊奇，望着他，布满疑惑的目光告诉了他我的不解。

他笑着说："你是写文章的，告诉你，或许你能写一部长篇小说。"

我也笑了："那你就说说呗！"

他却简短截说，没几句话，就把几十年的事情说完了："咱们汇文没从船板胡同搬到火神庙的时候，和女十三中挨着，那时候，两所学校组织了一个合唱队，指挥是咱们学校的纪恒老师，你还记得吧？"

"这我记得，纪恒老师，还教过我音乐课。我入学的第一天，在学校的大礼堂里，还听过咱们学校和女十三中的合唱队演唱的《黄河大合唱》。"

"在合唱队里，我认识了女十三中的一个同学，她和你一届，也是66届老高三的，和你一样，后来也去了北大荒。那时候，我们一直通信。通了有五六年的信，后来就断了。没有想到，也像今天逛天坛意外见到了你一样，前两年逛天坛，意外见到了她。她家住在天坛东门附近，我们便约好，天天逛天坛的时候，顺便在长廊见个面，说两句话，她接着遛她的弯儿，我接着遛我的弯儿。"

"完了？"

"完了。"

"这么简单？"

"就这么简单，你还想要多复杂？"

我还想听他继续讲呢，他已经戛然而止。

我们分手告别了。望着他远去的背影，融进熙熙攘攘的逛天坛的人群中，我心里想，逛天坛的每一个人都有故事呢。天坛，是一本厚厚的大书。

Chapter 48

长廊牌局

　　长廊里，那一溜朝东的长椅上，很多时候，几乎被打牌的和下棋的人占满，一个牌局，紧挨着另一个牌局，"鳞次栉比"，热闹非常。

　　这个长廊，和颐和园的长廊不同，颐和园的长廊有两百七十三间，这里的长廊连它的零头都不到：七十二间，所以又叫"七十二连房"。颐和园的长廊，是为慈禧太后和皇上游览山光湖色助兴的，这里的可不是为了闲情游乐。天坛当初建这长廊的时候，用它连接着宰牲亭、北神厨和神库，是在皇上祭天的时候，送祭品用的一个便捷的专用通道。长廊要一路高悬红色的宫灯，取意连接着上天神祇，是带有神圣的仪式感的，比起颐和园的长廊，虽短却意长。谁想到，风流云散之后，时代变迁之中，这里变成了大众娱乐的得天独厚之地。

　　到这里打扑克牌的人居多，大多是退休或早早下岗的北京人。特别是冬日的中午前后，阳光暖洋洋地照在这里，晒在打牌人的脸上身上，个个显得懒洋洋的，仿佛一群从海洋里爬上岸的海狮或海象，沐浴在阳光下，格外慵懒、惬意。这里成为天坛一道独特的景观，吸引外地游客，特别是老外，他们常常会为这些海狮和海象拍照。这些人已经是见多不怪，要不就是牌正打在高潮，没工夫理他们。

这群打牌的人中，有我的一个朋友。他比我小两岁，几乎天天上午到这里打牌，中午也不回家，带个饭盒，里面盛有一早做好的简单的饭菜，随便扒拉两口，就接着甩起扑克牌。不打到牌友散去，他决不收兵。

或许，只有我知道他为什么如此钟情扑克牌。

二十多年前，工厂倒闭，职工下岗潮来的时候，有转岗、留守、提前退休、停薪留职和买断工龄几种选择。他选择了买断工龄，一共才拿了两万来块钱。关键是，这么重大的决定，他没跟他老婆商量，拿回这两万来块钱后，他老婆才知道，立刻和他翻了车。如果仅仅是买断工龄也好说，那时候讲究下岗再就业，二十多年前，还不到五十，身强力壮的，你可以找点儿别的活儿干。他不，就那么囚甜面酱一样在家囚着，天天早上一觉睡到自然醒，晚上自斟自饮喝二两二锅头，整天过得昏天黑地，却觉得优哉游哉。幸亏那时他老婆还在上班，孩子懂事，也每月给他点儿钱花，他日子过得挺滋润，觉得比上班还自在。

矛盾就这样开始了。他老婆嫌他不求上进，天天癞皮狗一样赖在家里，吃的喝的全都是老婆孩子的。头两年还好对付，没过多少日子，开战，开始是零星炮火，后来是唇枪舌炮，再后来冷战。到最后，老婆拿出这两万块钱交到他的手里，不再管他的吃喝。家里住着两居室，一人睡一屋；一个厨房，一个灶台，两人各买各的米面油盐，各开各的火，各做各的饭。老话说了，叫吃不到一个锅里，尿不到一个壶里。

阳光暖洋洋地照在这里，

晒在打牌人的脸上身上，个个显得懒洋洋的，

仿佛一群从海洋里爬上岸的海狮或海象。

长 廊 扑 克

Temple
of
Heaven

这样的日子，早晚得散伙。我不知多少次去他家劝说，两人一个比一个性子轴，谁也不听劝，就那么半死不活地过。他的孩子也不知跑过来苦口婆心多少次地劝，劝烦了，对他们两人说，既然你们都闹到这份上，谁看谁都是一脸的眵目糊，趁早离婚算了。他不离，主要是嫌麻烦。他老婆也不离，主要是好面子，觉得离婚名声不好，没面子。就这么对付着过，日子过得不仅寡味得很，还别扭得很。他便开始到天坛打牌，认识的这帮牌友，大多和他一样，早早退休、下岗，或买断工龄，同"病"相怜，惺惺相惜，彼此说得来。其中有几位，和他一样，也因为这事和老婆闹得不可开交，不是打翻了天，就是拘着面子凑合着过，他更是觉得"见到八路格外亲"，牌打起来，便富有了感情色彩。

过去在老北京，下层百姓消愁解闷的去处，不是去茶馆听书，就是去大酒缸喝酒，要不就是去天桥看宝三撂跤，花不了几个钱，寻个乐子。如今，这些地方都没有了，有了天坛长廊这么一溜儿长椅，像清风朗月不用一分钱一样，这里也不用花一分钱，就可以尽情享受快乐，驱散愁闷，真是好地方。这叫作天不灭曹，底层百姓总能创造出给自己找乐儿的去处。

我去天坛，路过长廊，常常会看见他在那里吆三喝四地打牌，打得非常投入尽兴。每次，我都不愿意惊动他，远远地离去。有一次，看见他的脸上和脑袋上贴满了白纸条，还在那里吆三喝四地打牌，那些白纸条随着他挥扑克牌的动作不住地来回摆动，怎么看都觉得像是米缸里爬出来的白色的毛毛虫，又像是打幡时随风摇摆的白幡布条。我心里特别难受。

Chapter 49

铁蝈蝈

长廊里，还有玩蝈蝈的。

冬天到来的时候，每周五临近中午时分，总会有两个老爷子，怀揣着蝈蝈，抱着暖水瓶和茶杯，前后脚来到长廊，坐定下来，从怀里掏出蝈蝈，放在长椅上，让蝈蝈和自己一起晒晒太阳，一起喝茶聊天。

这是冬蝈蝈，老北京人过冬时候爱玩的一种冬虫。

在长廊里，我见过这两位老爷子好几次，一个清瘦精悍的身材，长长的脸膛，面色黧黑；一个稍微壮实些，国字脸，别看年龄七十大几，面容白净，显得格外清秀。长脸膛拿出两个有机玻璃瓶，里面各装着一只翅膀翠绿明艳的蝈蝈。国字脸也拿出两个有机玻璃瓶，里面各装着一只翅膀青黑色的蝈蝈。这四个有机玻璃瓶开着口，顶部都盘着金色的铜圈，很像蚊香的样子。

我对冬蝈蝈是外行，头一次见到蝈蝈装在这样专业的有机玻璃瓶里，便少见多怪地问："这蝈蝈以前不都是装在葫芦里的吗？"

国字脸告诉我："现在也是揣在葫芦里，放怀里暖和，蝈蝈好过冬。但装在葫芦里没法看。这有机玻璃瓶，是这些年新出来的，不是方便看吗？"

我接着请教他："您二位这蝈蝈的颜色不一样，这蝈蝈还有不同的品种吗？"

国字脸指着瓶子里的蝈蝈，接着告诉我："他这个蝈蝈叫翡翠蝈蝈，我这蝈蝈叫铁蝈蝈。翡翠蝈蝈，为看色儿；铁蝈蝈，为听声儿。还有一种蝈蝈，翅膀的颜色跟枯草一样，叫草蝈蝈。"

我长了见识，又问道："这玩意儿好养吗？"

国字脸指着瓶子里的胡萝卜丁告诉我："好养，是个人都能养，你就喂它点儿胡萝卜，每天搁这么一小块；哪天忘了，隔一天搁一点儿也行，放一粒小青豆也行。就齐活儿了！"

我又问："它喝水吗？"

"胡萝卜本身就有水分。你把它放在湿毛巾上，或者拿一根牙签蘸一滴水珠儿，它都能喝。"

我又问："蝈蝈喜欢晒太阳吗？这么冷的天，不会冻死呀？"

"不是它喜欢晒太阳，是我们喜欢看看它的模样，听听它的叫唤。晒一个来小时没问题。"

我指着瓶子里那一圈铜圈问："这玩意儿干什么使的？"

"这叫作响器，蝈蝈叫唤的时候，震动了它，能引起共鸣，叫声就更好听。有时候，为了让蝈蝈叫得好听，还得给它喂点儿药，叫作点药。"然后，他俯在我耳边说，"过去点的是朱砂。点在蝈蝈的翅膀上，翅膀沉了，蝈蝈叫起来，震动的声音就响亮了。"

基本都是我和国字脸对话，长脸膛只顾一遍遍起身给国字脸倒水斟茶，没怎么插话，只是倒水的时候，侧脸瞥了我几眼，那眼光透露的意思是："敢情你完全是个棒槌呀！"

国字脸爱说，也有耐心，给我上了一堂关于冬蝈蝈的启蒙课。我蹬鼻子上脸，得寸进尺又问他一个问题："这蝈蝈能养活多长时间呀？"

长脸膛这时候插了句："百日虫嘛！"

我没听清，国字脸对我解释说："这么跟你说吧，基本上它活的时间和咱们供暖的时间长短差不多，十月份开始养，到来年开春，就差不多了。它陪咱们过了整整一冬，也够意思了！"

我连连点头，向他道谢，谢他给我普及了这么多关于冬蝈蝈的知识。告别的时候，他指着长脸膛对我说："我们以前是同事，退了休之后，喜欢养蝈蝈，凑到一堆儿了。"

长脸膛这才接上话："我们老哥俩每周五都来这儿会会。"

我指着椅子上有机玻璃瓶里的蝈蝈说："顺便也让它们会会。"

长脸膛和国字脸都笑了，连声说："没错！没错！让它们也会会！会会！"

笑声震荡，那两只铁蝈蝈也跟着叫了起来，声音那叫一个亮！

Chapter 50

神　库

　　长廊尽头拐角处，朝东开的一扇门内，是北神厨。里面比宰牲亭宽阔，也要有气势得多。宰牲亭里屠宰的牲畜，要运到这里做成各种祭品。北神厨左右各有一个厨房，虽然赶不上故宫里的御膳房，但也足够大了，光看这两个大厨房，就能想象得出皇帝祭天时的阵势——敬献给老天爷的祭品，怠慢不得。比北神厨更大的，是神库，长长一溜，矗立在庭院正中间，如同一排列阵的威武的侍卫，等候皇上的检阅。厨房里做好的各种祭品，都要先陈列在神库里，皇帝祭天的前一天，要到这里来亲自检查，当晚送进祈年殿供奉。从这里出门往前走不了几步，往南一拐，便进了祈年殿的院落。

　　神库像是一个祭天预演的舞台，显示了皇帝对天的敬畏之心。神库在天坛的位置，非同一般，建得如此排场，有其道理。神库前种植一些柏树，高可参天，掩映神库的红墙红窗碧瓦，只露一线蓝天的微光，洒落在凹凸不平的地面上，随风晃动着迷离的光斑，让神库更添有几分幽邃和神秘。同属于祭天的配套建筑，它和斋宫神乐署的大殿无法相比，但我每一次来，总觉得烟火缭绕之中，它笑不露齿，有几分谦恭，又有几分威严。

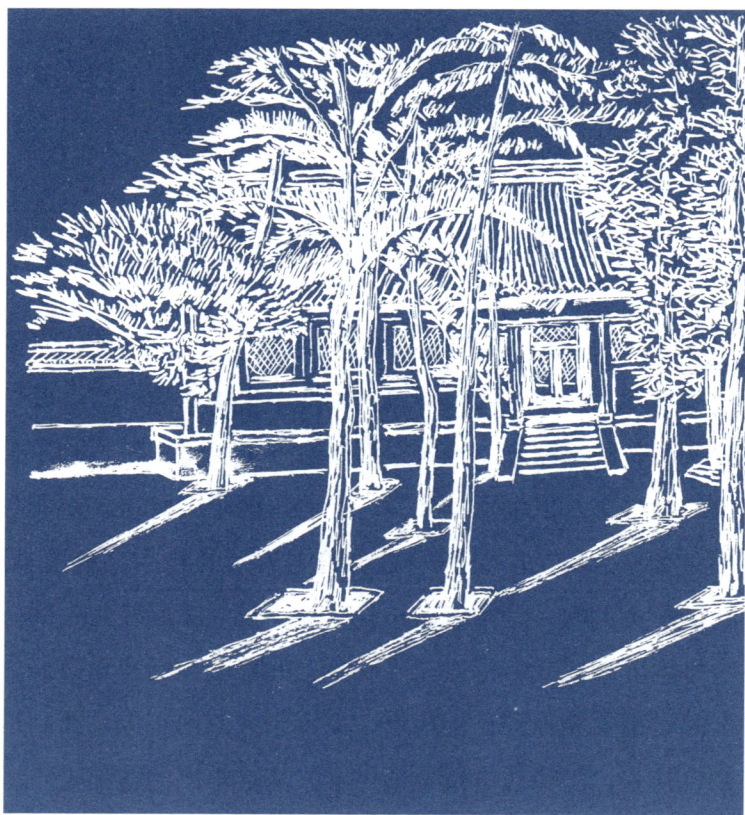

神库前种植一些柏树，

高可参天，掩映神库的红墙红窗碧瓦，

只露一线蓝天的微光。

北 神 厨 夏 日

Temple
of
Heaven

厨师不仅要伺候皇上，还要侍奉比皇上更至高无上的老天爷，也是惹不起的呢。

因为是进祈年殿的必经之路，来看神库的游人很多。长廊的椅子上，常常是看完神库出门坐下来歇息一下的游人，或等在那里集合的旅游团。我常坐在那里，画那些南来北往的游人。开春不久的一个下午，我看见一个年轻的姑娘坐在那里，身边放着三个拉杆行李箱。拉着行李箱来逛天坛的外地游客很多，但一个人带着三个箱子，没见过。

我坐在她的身边，好奇地问她："你怎么这么多行李箱？"

她笑着告诉我："我们三个人。"然后，又告诉我，那两个人进北神厨了。

我明白了，三个人，轮流进去，一个人坐在这里看行李箱。也是，这么沉重的行李箱，进进出出，还得上下台阶，挺费劲儿的。

我问她："你进去看了吗？"

"我先进去看了，神库让我叹为观止，好家伙！皇上祭一次天，得这么排场！"

"是啊，要不怎么说是皇上呢？"

听我这么说，她笑了，问我："您说现在人还信天吗？"

我无法回答。有人信，但确实有不少人已经宁可抱着猪蹄子啃，也不会再把它作为祭品去祭天了。便反问她："你信吗？"

她说："我信。我信老天长着眼呢，你干过的好事也好，干过的坏事也好，老天都看着呢！即使你忘了，老天可都记着呢！"

说着话，她的两个伙伴从北神厨出来了。也是两个年轻的姑娘，过来就问："你们聊什么呢？这么开心？"

　　她笑着对她们说："说神库呢。你们看了吧？"

　　"看啦，看啦！了不得！可惜里面现在是展览，要是摆上祭品就好了，我们也能看看当年皇上祭天的场面了，看看老天都爱吃什么！"

　　和这三个姑娘说了一会儿话，知道她们是湖南常德人，来北京开会，今天散会，趁晚上坐动车回去之前，逛逛天坛。

　　她们都是第一次来北京。这不新奇，第一次来北京逛天坛的外地人很多。让我感到新奇的是，三个姑娘原来是中学同班同学，上学时候就想来北京。"你说我们那时候怎么那么固执呢，一门心思就想来北京？你听过我们湖南原来有一首民歌《挑担茶叶上北京》吗？"她们这样问我，却不等我回答，又接着说起来。

　　放暑假的时候，约好各自偷偷溜出家，到长途汽车站会合，结伴上北京。谁想到，都被家长发现，梦想破灭。"不好好学习，光惦记着疯玩，将来考不上大学看你怎么办？"这是当时各家家长对她们说的同样的话。还真被这话说着了，她们三个人都没有考上大学，只好都进了这同一家厂子。

　　"快十年了，梦想才实现。"

　　"那是高一暑假的事情。"

　　她们讲得这样开心。到底年轻，往事再如何不堪，伴随着青春时光，也变得有滋有味。春风十里北京梦，卷上珠帘总不如。

　　她们拉着拉杆箱走了。把爽朗的笑声甩在身后。

Chapter 51

中 午

快中午，我准备离开长廊，打道回府。一个坐在长椅上打牌的男人站了起来，说道："我也走了。"因为刚才一直站在那里看他们打牌，听他们一边甩着扑克牌一边吆三喝四地叫喊、东扯葫芦西扯瓢地闲聊，我大概知道这一伙打牌人的经历与身份。和那些熟络的朋友街邻亲戚或同事凑在一起打牌不同，他们是临时凑在一起的，平日里互不相识，有人走过来，在长廊落座之后，只要手里拿着一副牌，就像一个鱼钩甩到了水中，很快会有人如鱼一样游过来，凑成一个牌局。如果其中一人临时有事，或者没什么事只是不想再玩了，起身走人，旁边站着观牌的自会有人立刻坐下来补位，这叫铁打的牌局流水的人。前者，叫作热牌；后者，叫作冷牌。

这位起身走的人，大约有六十来岁，后来我问他，他告诉我准确的年龄是六十一岁，1958年生人，属狗的。

我们俩一边朝天坛北门走去，一边闲聊起来。我问他："回家吃饭去呀？"

他告诉我："去北门老磁器口豆汁店垫补点儿。"

"豆汁儿不解饱，得再来点儿别的呀。"

"想吃它那儿的肉饼，一大张，我一人也吃不了，半张吧，人家不卖。我就来碗水氽羊肉，三十八块钱一份，佐料一蘸，就是简易的涮羊肉，再弄点儿二锅头一喝，还行。"

"那儿还卖二锅头？"

他冲我诡秘地一笑，从怀里掏出一瓶"小二"，是瓶红星二锅头，对我说："前门大街专卖店里买的，起码不是假酒。"

"吃完喝完，下午，我到天桥找朋友玩牌去。"他接着对我说。

我问："刚在天坛打完牌，还接着玩牌？"

"不是那种牌。"他又诡秘地冲我一笑，"比那牌玩得有意思！我们老哥儿几个，每天下午都到他那儿玩牌，图个乐呵！"老北京人，熟络之后，能立马儿掏心窝子。

"玩完后回家……"

他打断我的话，很得意地说："不，玩完后，我要去留学路，那儿有家小馆，卖拉面和小碗炖牛肉。拉面，我不吃。我以前就是卖拉面的，拉面都吃腻了。二十块钱一份小碗牛肉，牛肉炖得烂，味儿地道，就个火烧一吃，热热乎乎的，蛮美！"

我笑着说："看您这一天过得够滋润的呀！一天下来，一百块钱拿下。"

他也笑了："我没算过一天花多少钱，现在，不像过去了，花钱总得算计着，恨不得一分钱掰两半花。现在不缺钱，缺的就是乐呵！"

我问他："晚上不再整点儿小二？"

他一摆手："不啦！家里人嘱咐我少喝酒，花多少钱没事，酒得少喝，身体重要！"

"这话说得对，身体第一位，没有了身体，您这乐呵也就没地方找去了！"

说着话，来到了天坛北门。出门，他过马路去老磁器口豆汁店，我往左坐 36 路回家。挥手告别，我们俨然是老街坊一般，关切地叮嘱彼此的身体一番。

Chapter 52

饮 料 瓶

　　如今，进出天坛的门都很窄，也很矮，仅能一个人通过。如果冬天人们穿得臃肿些，得侧着点儿身子；如果是个胖子，进出就更费劲。有人开玩笑说，登天之门，不那么容易呢！

　　转眼春天过去，夏天来了。人们穿着清凉，进出这些窄小的天坛之门，一般都不会有什么问题。

　　那天，却偏偏出了点儿问题。走在我前面的一个人，出门时候，被卡住了。他背着一个大大的塑料袋，里面挤满了饮料和矿泉水的空塑料瓶。不知得翻过天坛里多少垃圾桶，才能捡到这么多。大塑料袋花花绿绿的像鼓胀着的一个花气球。那些东西不沉，但占地方，膨胀得如同以前缺少汽油的困难时期，公交车上面顶着的那个鼓鼓囊囊的大气包。在这样硕大无比的大包下面，人显得格外的小，小得像蚂蚁搬山，像蜗牛拖着自己身上沉甸甸的壳。人的脑袋完全压在大包下面，看不到他的脸，仿佛他的脸长成了这个被饮料瓶膨胀起来的大包。

　　包卡在那里，他根本出不去。我帮他使劲儿把包从窄门中拽了出来。出口处，还有一扇推拉门，是为婴儿车和轮椅准备的。门外，站着一个保安，把门打开，他才顺利出去。

我说了句，这多么瓶子，得卖多少钱？

值不了几块钱，现在瓶子卖不了几个钱。保安对我说。望着他的背影，保安说话的语气有些鄙夷不屑。

如今，公园里卖的矿泉水和饮料，价钱都不便宜。他背着的这样大的一包瓶子，卖的钱，还顶不上一瓶饮料的钱。

我也望着他背着这个大包的背影，望着背影小山包一样缓缓远去，闪动在车水马龙的喧嚣里，像一个巨大的气泡，飘浮在都市的上空。

Chapter 53

踩 影 子

七星石旁边，有一个相亲角，每个周末，那里都人头攒动。即使冬天，也是人满为患。在远处，听不到人语喧哗，只见花花绿绿的衣服如花影飘浮，电影里的默片似的，在夏日的绿荫蒙蒙中，显得有些迷离，在灰白色的七星石的掩映中，有些像是海市蜃楼。

来这里的都是父母为自己的儿女相亲的。尽管他们明知道，如今的儿女，早不稀罕甚至反感这种类似隔山买牛一般过于老套的相亲方式，但他们依旧顽固地坚守在这里，不为自己的儿女找到理想的对象，绝不鸣锣收兵。如今的年轻人，爱去上电视里的《非诚勿扰》节目，更爱上网上找对象，谁还傻了吧唧的像这帮老头老太太一样，拿着照片，写着年龄、学历、爱好、身高、住房、车辆之类一长串的介绍，像卖货物一样，跑到这里兜售？

其实，跑到这里来的父母，也实在是出于无奈，儿女的年龄都不小了，要不就是已离异，要是对象很容易找到，早就花好月圆了，谁还愿意跑到这里来？只是，皇上不急太监急，眼瞅着人老珠黄，孩子跟没事人似的，还以为青春不老，大树常

七月石夸的相亲角 Ruxing

相亲角在绿树下，

排成几排，并不喧闹，

看起来比较安静。

天 坛 相 亲 角

花花绿绿的衣服如花影飘浮，

电影里的默片似的，

在夏日的绿荫蒙蒙中，显得有些迷离。

七 星 石 旁 的
相 亲 角

Temple
of
Heaven

青，自己一掉眼泪，立刻还会像以前一样，有很多人捧起香罗帕接着呢。当父母的能不心急得跟火上了房一样吗？

很早以前，天坛里有个英语角，那是在粉碎"四人帮"不久的时候，知识升温并升值的新时代，出国潮开始如桃花水涌动，年轻人学习英语的热情和搞对象一样高涨。后来，英语角渐渐冷清，乃至彻底消失，但代之而起的这个相亲角，生命力比英语角长。不知是年轻人如风中的浮萍，容易心思浮动，还是老人的耐性比年轻人更强些，让这个相亲角顽强挺立在这里。

不过，我总觉得相亲角紧挨着七星石，不怎么吉利。七星石是陨石，不知何时从天坠落，成为没有生命的石头。相亲，恋爱，怎么也应该找个生机勃发一点的地方才是。

秋天里的一个上午，我去了相亲角。我的孩子早已成家，我并没有任务压身，纯粹是看个新鲜。满地的照片、简历，有的还把孩子画的美术作品、获过的奖状摆了出来。一位六十多岁的妇女坐在小马扎上，看我走过来，立刻起身，问我："您家的是男孩，还是女孩？"

我慌不择言，脑子里忽然闪过弟弟的孩子的影子，他还没对象，便随口说了句："男孩。"

"正好。您是北京人吧？"

"是。"

"多大了？"

"三十七了。"

"正好。正好！您看看，这是我闺女的简历。"

说着，她递给我一本厚厚的简历。我好奇地翻看，是北京人，大学研究生毕业，三十二岁，离异，带有一个三岁的女儿……我这才注意到，她身边还有一个扎着羊角辫的可爱的小姑娘，坐在另一个马扎上，玩乐高。

弟弟的孩子虽然没有对象，却坚决反对这样的介绍。他父母给他介绍的对象多得快赶上一个加强连了，他是连见都不见的。我赶紧合上简历，递还她，很对不起地说了句："再看看，再看看！"然后，夺路而逃。

相亲角在绿树下，排成几排，并不喧闹，看起来比较安静，水波不兴，内含的焦虑与焦急，在那些照片和简历之中，暗流翻涌。来的大多数人，大概和我一样，看看的多，真正有意的少，"成交"的就更少。那些为自己儿女相亲的父母，大多也都见怪不怪，并不急于求成，摆出一副久经沧海、愿者上钩、打持久战的样子。可能是常来相亲角，彼此都已经很熟悉了，没人光顾的时候，他们相互聊天解闷，有的坐在那里打起毛线活儿，想着自己的心事。

转了一圈，又回到原处，看见那个女人正在和她的外孙女游戏。那是我小时候玩过的一种游戏，我们叫作"踩影子"。她们祖孙俩站在太阳地里，姥姥不停地跑动，留在身后的影子不停地在动，小外孙女跟在后面不停地用脚踩，总想踩着影子，却总也踩不着。她们祖孙俩乐此不疲，一个劲儿地叫着，跑着，踩着。

Chapter 54

雪　后

　　北京入冬下第一场雪的时候，我正在广东，没有赶上，心里有些遗憾。因为如今的北京一冬天难得见雪。记得诗人昌耀曾经写过一句诗："没有雪的冬天岂不是冬之赝品！"

　　回到北京，去天坛，想看看还会不会有残雪剩存在角落里。不过，此时距离下雪都过去十几天了，这场雪又不是特别大，天一直很暖，残雪，大概只在残雪的小说里了吧？

　　残雪，虽然有残雪的美，但是，真正漂亮的雪，一定不会如江南霏霏细雨那样沾衣欲湿小家子气的。北大荒的雪才是雪真正篇章淋漓尽致的书写，要下就下得个铺天盖地，大雪封门，万里雪飘，洁白一片，一直白到地平线。那种壮丽的雪景，回到北京，再未见过。不过，年初，北京下的一场春雪也不算小，特意跑到天坛来拍照的人很多。白雪，红墙，碧瓦，加上祈年殿天蓝色的顶，真是漂亮已极。如果从色彩而言，北大荒的雪，也赶不上。

　　由于心里抱的期望值不大，走进天坛，又看到月季园里已经搭起墨绿色的塑料大棚，将那些月季遮盖得严严实实，一副保暖过冬的模样，对残雪的存留就更不抱希望。哪里想到，再往前走，在通往双环亭的路上，背阴的柏树林里，真的有残雪，一堆堆地藏在那里。虽然每堆雪都不多，但小白兔子一样蹲在树根后面，似乎随时都会被惊跑，可怜楚楚的样子，还是让我心里一动。而且，居然还看见雪人的残骸。已经坍塌得所剩无几，但脑袋的模样还在，小彩旗落在一旁——十几天前，应该是握在它手里的吧？

最让我惊异不已的是，在祈年殿西侧外墙边的草坪上，竟然有一堆堆小山一样高的雪堆。不少工人正在把雪堆摊平，大概要它们融化后滋润草地吧。还有工人在推着小推车，将装得满满的一车车的雪，不断地运到这里来。这里成了冬雪集散地，成了残雪放大后的图景，成了今年入冬以来第一次雪落天坛的回忆。

我问推雪车的工人，您这雪是从哪儿运来的呀？

他指指身后祈年殿的院子，告诉我：从里面。

我惊讶于祈年殿院内居然有这么多的雪。那么，这场雪下得不算小。或者，落在祈年殿院内的雪不算小。这算得上雪对祈年殿的眷顾，是祈年殿的福分，也是祈年殿跟老天爷的默契，如北京的一句老话：一滴雨珠儿，正好掉进了瓶子眼儿里了。

庭树穿雪作飞花，美则美矣，毕竟纤巧，必须有足够量的大雪，才配得上祈年殿。梅花欢喜漫天雪，其实，祈年殿更喜欢漫天雪呢。

这算得上雪对祈年殿的眷顾，

是祈年殿的福分，

也是祈年殿跟老天爷的默契。

雪 中 的
丹 陛 桥 上

Temple
of
Heaven

Chapter 55

雪 人

今年北京第二场雪，正好赶上了，一清早就往天坛跑。是个周一，故宫休息，颐和园太远，皇家园林里，天坛最好，有红墙碧瓦蓝顶，衬托着纷纷扬扬的白雪，是一幅绝妙的冬日图画。

一进东门不远，就看见草坪上一对母女在堆雪人。雪人已经堆得比小姑娘都高了，胡萝卜插的鼻子，橘子安的眼睛，苹果片做的鼓嘟嘟的红嘴唇，头上顶着肯德基盛炸鸡块的大圆筒盒子做成的帽子，滑稽小丑一样，站在雪中望着小姑娘，也望着还在空中飞舞的雪花，奇怪自己怎么瞬间就从雪花魔术般变成这样子了。

小姑娘也就三岁多的样子，胖乎乎的，小皮球似的，穿着红色的羽绒服，和雪人红白相映得色彩格外明艳。不知道她在和雪人说着什么话，妈妈走了过去，扶着她的肩膀，一起往雪人身上添着雪花，好像想让雪人长得再胖一些才好。猜想这应该是这个胖乎乎的小姑娘的想法。

如今，北京少雪，如此大的雪人，在天坛少见。记得上次在天坛见到这样大的雪人，还是二十多年、甚至是三十多年前的事。那一次，在天坛转了一圈之后再见，这个雪人竟然已经融化，只剩下了脑袋，身子坍塌成一摊脏兮兮的泥水。天太暖，雾霾也严重。

记得俄罗斯作家普列什文曾经写过这样的句子："雪花仿佛是从星星上飘下来的，它们落在地上，也像星星一般闪烁。"他还说，"麻雀落在雪地上面，一会儿又飞起来的时候，它的身上便也飘下一大堆星星来。"如今，空气治理得大有好转，才见得飘飞的雪花真正晶莹剔透的白色，雪花还能够如星星般闪烁，是多么的难得。

在长廊边的台阶上，看见一位年轻姑娘，身穿一身洁白如雪的汉服。她正蹲在那里，拿着手机，不知在给什么东西照相。我走过去探身一看，台阶上摆着三个雪人，个个只有巴掌大，大概是整个天坛里最小的雪人了。她用草棍做拐杖，插在雪人的身上；用落在地上干枯的松果做眼睛和衣服上的纽扣；大概没找到合适的东西做嘴巴，姑娘用身上带有的黄色塑料胶条，弯曲了一下，做成了微笑的嘴巴。这三个袖珍的小雪人，一下子被画龙点睛一般，活了起来，那么的可爱。

最有意思的，是三个小雪人的旁边，放着一个塑料的玩偶，穿着黄粉蓝三色汉服式样的曳地长裙，长发梳着云髻，还留着犄角般两个粉色的长鬏，憨态可掬，十分可爱。玩偶比小雪人还小，并排一起，有种混搭的效果，仿佛在演一台童话剧。三个小雪人如森林巨人一般，俯下身争先恐后和玩偶讲话，可能在打探人世间的事情，也说不定在向小玩偶表达爱情呢。

姑娘照完相，要取回玩偶，我对她说："请放在那儿，让我也照张相！"

在北门内坛墙前，沿墙一溜儿白雪，为灰色的墙镶嵌一圈耀眼的银边，顿时让这一溜儿灰墙明亮了起来。远远地看见一个高高个子的姑娘，揣手站在那里，看着蹲在墙边雪地上的一个小伙子在堆雪人。姑娘不动手，也不动声色，小伙子一个人玩，谁也不说话，颇有一种间离效果。或者，是在各想心事；或者，是相互有着默契，雪人身上一直落有姑娘的目光。

走近一看，不是在堆雪人，说是捏雪人，可能更准确些。而且，捏出来的也不是雪人，是一条趴在雪地上的狗。小伙子很有耐心，在手心里把松软的雪花捏紧捏实，捏成结晶状冰样的雪块，然后一块块地贴上去，小狗便有了层次分明的棱角，凸显出块块肌肉、骨骼。他正在做小狗的头部，耳朵已经出来了，长嘴巴和凸眼睛在渐渐显形，前腿蹲，后腿趴，尾巴居然那么长，长得像美人鱼的尾巴。或许，他就要这样夸张的效果。

他头也不抬，不看我，也不看姑娘，就这样专心致志默默地捏着他的小狗。雪花不住飘落在小狗的身上，像长出了一层绒乎乎的小毛毛。雪花也不住地飘落在小伙子和姑娘的身上。我心里暗想，如果小伙子就这么一直捏着，姑娘就这么一直站着，他们自己也会变成了雪人呢。

Chapter 56

三座门

　　我是第一次来到三座门前。据说,天坛有各种门八十五座,三座门,并不起眼。它位于成贞门西、斋宫南偏东一点儿。去过斋宫很多次,就是没有往那边多走几步,说明它确实不起眼。

　　在圜丘和祈年殿之间,有一道东西走向的隔墙,三座门,是这道隔墙中间一道界墙门。中间是一座铺着绿琉璃瓦的门楼凸出来,挺着个大肚子一样,两边缩进去的灰墙,各有一座矮小的随墙门,不知是不是后来开的。正因为有一大两小这样三座门,才叫成了三座门,应该是俗称,像乡下的小孩子没有正式的名字,随便叫成狗蛋丫蛋之类一样的意思,和成贞门、祈年门、祈谷门不可同日而语。

　　三座门前,很冷清,又是数九寒天,没有一个游人。中午时分,阳光很好,没有一丝风。我坐在离门比较远的椅子上画画,才注意中间那座大门和墙形成一个直角,那里有一位老太太坐在马扎上晒太阳。我们两人相看两不厌,她晒她的太阳,我画我的画。

　　画完起身,路过大门前,我对老太太说:"您找这个地方真好,多暖和呀!"

老太太对我说："南墙根儿，哪儿都好，都暖和！"

我指着墙角大门多出来的一道西墙，说："您这里不仅有一面南墙，还多出一道西墙呢！北面和西面来的风，都替您挡着了！"

老太太乐了："那倒是！"

我问她："您天天中午到这儿晒太阳呀？"

"那倒不是，今天，我是等我老伴儿的！"

正说着话，老太太眼睛一亮，颤巍巍地站起身来，说了句："我老伴儿来了。"

我回身一看，一个挺精干的老头儿手里提着一塑料袋东西，逆光正朝这边快步走来。走近一看，是包子和豆浆。我问老头儿："从北门老磁器豆汁店买的？"

老头儿没答话，老太太先说了："不是，西门买的，他替我到友谊医院取结果，走西门近。"

我忙问："您怎么啦？"

老太太指指自己的腰说："这儿不得劲儿！走路费劲！老喽！"

老头儿一直没有说话，扶着老太太坐下，从塑料袋里取出包子和豆浆，并把喝豆浆的吸管从纸袋中撕开，递在老太太的手里。

中午饭就在这儿解决了！

老太太一边吃着包子，一边对我说："孩子中午都不在家。就这儿了，省事，还可以晒晒太阳！"停了一会儿，她指指老伴，又说，"这个地方，是今儿他帮我找的呢。"

老头儿看看我，又看看老太太，没说话，笑眯眯的。

过去好几天，我的眼前，总浮现冬日暖阳下的这老两口。不知为什么，我想起以前看过的一个电影《金色池塘》，觉得他们特别像电影里赫本和亨利·方达演的那一对老夫妻。"你是全世界最可爱的男人，只有我知道！"电影里，那个老太太这么说；三座门前，这个老太太也会这么说呢！

Chapter 57

柴禾栏门

在天坛，有柴禾栏门。这名字，比三座门还显得土气，和高大上的天坛不大匹配。不知道为什么叫这样的名字，可能这里离神厨和宰牲亭近，祭天时宰杀牲畜和烹饪食物需要柴禾，因此被用来堆放柴禾吧。这只是我望文生义的猜想。漫长的农业时代，即使在皇家园林，也顽强存在着田园的乡土气味和痕迹。

柴禾栏门，在祈年殿围墙根儿东西两侧各有一座，比三座门低矮许多，尤其眼前就是祈年殿，如同伊索寓言里的小山羊和长颈鹿，相比之下，显得更不起眼。不过，那里异常清静，别看和祈年殿近在咫尺，游人往往一眼看到的是祈年殿，会立刻爬上高高的台阶，奔向祈年殿——人往高处走嘛，便很少会注意墙根儿底下而且是挤在角落里的柴禾栏门。

我常到西柴禾栏门前画画。如今，门里面不放柴禾，成了办公的场所。它的门朝北，夏天的时候，东边的围墙将阳光遮挡住，这里一片荫凉。门前不远处，有个宽敞的石台，是以前插旗杆的旗台，正好可以坐在上面画画。我喜欢这里，门前草坪如茵，沿门往西，有三棵粗大的古柏，树龄都很老了，一棵

花花绿绿的衣服如花影飘浮，

电影里的默片似的，

在夏日的绿荫蒙蒙中，显得有些迷离。

东 柴 禾 栏 门

Temple
of
Heaven

五百六十年以上，两棵六百二十年以上。它们枝叶茂密，浓绿得如深沉的湖水，在红墙的映衬下，色彩对比得如铁锚一样沉稳，是只有中国才有的典型色调。

那天下午，我的画本上忽然剪纸一样闪现出一个小小脑袋瓜的影子，我抬头一看，是个小姑娘，大概有八九岁，她在专心致志地看我画画。她的身边站着一个男人，显然是她的爸爸。他们父女俩站在这儿有一会儿了，只是我专心画画，一时没有注意到。小姑娘很可爱，梳着羊角辫，穿着花裙子，抿着薄薄的嘴唇，目光一直落在画中的柴禾栏门和那三棵古柏上面。

我问她从哪儿来的，她告诉了我，但她讲的方言，我听不懂。

她的父亲在一边用普通话告诉我一个地名，那个地方，我没有听说过。

"我们是从江西老区来的。"父亲进一步向我解释道。

"那么远，得坐几天车，才能到北京？"

"现在有动车，好多了。不过，从我们那个县城坐大巴到火车站，要一天的时间。"

"是吗？来一趟真不容易。"

"是！孩子磨着我，一直想到北京来，这不放暑假了，带她来了，实现了她的愿望。"

"在北京都到哪儿玩了？"

"去了北海，故宫、圆明园和颐和园，还去天安门看了升旗，这不又来了天坛。明天，我们就回去了。"

"压轴戏，放在了天坛？"

父亲笑了，点点头。

一直都是我和她的父亲在讲话，小姑娘默默听着，最后，有些不耐烦了，对我说了句话，我还是没有听懂。还是他爸爸翻译我听："她是说你怎么不画了呢？"我笑道："好，我赶紧接着画！"

一边画，一边听父亲讲："这孩子从小也爱画画！"

"是吗？那是好事呀。"

说罢，我把画本和笔递给她："你来，也画一画，好不好？"

她羞涩地一转头，扑到她爸爸的怀里。

画完了这张柴禾栏门和门前的那三棵古柏，我把画撕下来，送给了这个可爱的小姑娘。

Chapter 58

成贞门

在北京所有的公园里，没有一个可以比得上天坛里北京本地人这样的多，这样的人气兴旺。想想，也是有原因，有道理，有天坛自己的伦理的。

和其他几个皇家园林相比，天坛四周，居民区集中，东边的体委宿舍、幸福大街光明楼四块玉；西边的天桥；北边的金鱼池；南边的蒲黄榆景泰里……都是成片的居民楼和平房区，鳞次栉比，密密麻麻。颐和园、圆明园、北海、香山，这几处哪里也赶不上天坛如此被居民区紧密又亲密地包围。那里都和居民区疏远，人们要去那里，得要乘车，专程，走老远。天坛，得天独厚成为平民百姓抬脚就到的皇家园林。有天天逛天坛的街坊更是得意地说：过马路就是。

龙潭湖、陶然亭、紫竹院这几个公园虽然也是属于平民百姓，但它们缺乏天坛的皇家气派，没有那么气派的古建筑，那么多的古树。到那里去自娱自乐可以，但没有到天坛这里来既可以自娱自乐，又可以怀思古之幽情，触摸遥远的历史，独自散散步，想想心事；约上朋友，促膝谈心；即使夜晚谈谈恋爱，都会沾惹上一些古树荫筛下的绿色月光，幽幽瑶琴丝弦一般荡漾，多几分情调甚至狐媚。更何况，春有丁香，夏有柏荫，秋有飘叶，冬有落雪。晨宜圜丘眺日，夜宜斋宫望月，静宜壁前听音，动宜垣内跑步。这样一比，天坛更像过去的百转千回的戏楼，其历史的丰富性，可以用老北京广德楼戏台前曾经有过的一副抱柱联比拟："大千秋色在眉头，看遍玉影珠光，重游瞻部；十万春花如梦里，记得丁歌甲舞，曾醉昆仑。"而它们则像是太热闹的茶馆了。

春日那天上午，在天坛的成贞门外西侧，那里有一个座椅，正对着成贞门一角，我坐在那里画它。一位五十左右的女人走过来，对我说：你旁边没有人吧？我看着她胸前挎着一个尼康单反相机，肩背着一个沉重的摄影包，是一副摄影家的装备。显然是要坐下来，减轻一下负担，照一下眼前的成贞门。她也相中了这个角度。

椅子很宽，很长，我请她坐下。她把包放在地上，打开包，取出一个镜头安在照相机上，看她安装镜头不大熟练，有些忙乱，不像个摄影家。现在有钱的人多了，挎上台单反相机周游世界的人多了起来，好相机不仅仅属于摄影家。玩摄影，成了时髦，有钱的孩子，爱玩摄影，换相机，像换女朋友或男朋友一样频繁，便把淘汰下的相机给了父母玩。在天坛，常见这样年龄的半大老人，拿着大炮一样的相机转悠着拍照风景，成为天坛里的一景。

你这相机够高级的呀，尼康几呀？我问了一句。

尼康D3。她回应着，终于把镜头安上了，对着成贞门在照，快门"啪啪"地轻快响起。

照完了，她把镜头换下来，望了一眼我的画，问我：您是画画的？

我告诉她我只是画着玩。

她忽然轻轻地叹了口气。我忙问她：怎么？画着玩不好吗？

不是不好，是太好了！

那你为什么叹气呀？

这么一问，她又叹了口气，眼眶里竟然有泪花闪烁。我不知道该不该问她是为什么，又怕问多了让人家不高兴。我不敢再望着她，静静地望着成贞门。

沉默了只有一小会儿，她开口了。显然，一直憋在心里，想找人诉说。听她说完了，我明白了，女儿爱好摄影，相机是女儿的，一年半前，到西藏摄影的时候，不幸遇车祸身亡。

我不知该怎么劝慰她，再没有比白发人送黑发人更悲伤的事情了。我只好随口问了句：孩子多大了？

才过三十。马上要结婚了，出了这事！

我责怪自己，这话问的，让人家更悲伤。

她的未婚夫把这个相机交到我手里，有两个多月了……

我忍不住好奇，打断了她：她未婚夫怎么没把相机留在自己的身边呢？按理说，这是他未婚妻的遗物呀，应该留在他身边才是。

他就要结婚了。也是能理解的。他说还是给我的好，可以在想女儿的时候，看看里面的照片。他说得也对。可我一直没敢打开相机看孩子照的照片。一直到前几天，快过清明了，我忍不住打开了，居然看到相机里面存储了那么的照片，其中最多的照片拍的是天坛。

说着，她打开相机的取景框，迅速地倒回到那些天坛的照片，让我看。相机好，拍得也好，天坛里好多地方，祈年殿，回音壁，皇穹宇，圜丘，丹陛桥，神乐署，斋宫，还有天坛里的各种树，各个门……其中，有这个成贞门。

从那天起，我就想，西藏太远，我去不了，天坛就在北京，我去得了，就用孩子的这个相机，把天坛里孩子拍的这些景物，按照她拍照的位置和角度，再拍一次。

我非常感动。一个孩子对北京的爱，集中在她拍照的天坛。一个母亲对孩子的爱，也集中在了天坛。天坛，不仅是这位母亲心中悲伤的化解地，也是这位母亲爱的集散地。只有浩瀚的天坛，可以和同样浩瀚的母爱相比拟。天坛在天上，生活在这里。女儿在天上，母亲在这里。再大的天坛，也会浓缩在这样一个点上。再大的一个心愿，也会凝结在这样一个点上。

告别的时候，她对我说：我知道孩子为什么那么爱照天坛，她恋爱第一次约会，就是在天坛，以后，他们两人也爱到这里来。

走了两步，她又回转身对我说了句：我打开相机的时候，以为里面会有他们两人的照片呢。都被他删除了。

她背着沉重的摄影包，迈上台阶，走进成贞门了，我还站在那里望着。

Chapter 59

天心石

进成贞门，过回音壁和皇穹宇，便是圜丘。祈年殿、回音壁和圜丘，三点一线。圜丘，其实是一个坛，皇上真正祭天是在这里。好多年前，过春节的时候，天坛曾经举办过庙会，也有祭天仪式，就是在这里重现。人们穿着古代的衣服，有人装扮成皇帝，身穿龙袍，顶着华盖，让时光回溯到以前。其实皇上来圜丘祭天，是在冬至那天，而不是春节，不能二八月乱穿衣的。

如今，人们习惯叫它圜丘，而把圜丘坛的坛字给省略掉了。其实，天坛，因为了有它才叫天坛的。省略这样一个字，其曾经祭天的神圣仪式感便也减淡了。

圜丘和祈年殿的建筑一样很讲究。和祈年殿一样，它也分为上中下三层，每层由汉白玉砌成。下层石栏180个，中层石栏108个，上层石栏72个，一共为360个，合一年360日，周天360度，全部建筑具有几何数字的精确，可谓精心并精诚之至。每层台基，又各分九层，也是讲究备至，暗合九天九册九族九畴九章九九消寒图这些我国民族传统之说。九是我国古代讲究的最大数，也就是天数，天坛是对天的敬畏和祭祀，当然讲究九的数字，"九"在天坛可以说比比皆是。如此丰富的内涵，让那些导游讲解给外国游客听，得让一众老外听晕了。

圜丘，是我小时候爱玩的地方。那时候，我和小伙伴们常到那上面疯跑，追着玩。圜丘上面很宽敞，游人很少，可以由着性子敞开地跑。中央有一块圆形的石板，叫天心石，人站在上面一叫唤，声音在四周回荡。据说，人站在天心石上叫的声音，比在别处都要响。我们常常跑到上面，使劲儿跺着脚，比赛着谁的嗓门儿亮，谁跺脚的声音响。回声此起彼伏的时候，仿佛我们都像孙悟空跑到了天上去，可以大闹天宫一般。

有时候，大雨将至，四周不多的游人早已散去，我们却在天坛玩得乐此不疲，拥挤在一起，站在圜丘中间的天心石上，看着远处。那时候，往东看，还能看得到法藏寺高高的庙顶。但是，我们不是要看法藏寺的庙顶，而是要看大雨来临之前的闪电。闪电在远处地平线那里闪动着，火苗一样蹿起，神话中的境界一般，闪动着诱人而神秘的光亮。那是我见到的天坛最为壮观最令人震撼的情景，这样的情景，才配得上天坛。

当闪电像赛跑一样、像兵士列阵一样奔涌至我们的面前，随雷声炸亮在我们的头顶的时候，我们才一哄而如鸟兽散，跑下圜丘，跑到皇穹宇的房檐下躲雨。

离开小时候，很久再未去过圜丘，又一次去那里，是1978年春节我结婚之后。一别经年，物是人非，圜丘依旧，空旷而寂寥。除了我和新婚的妻子，竟然没有一个游人。是个雪后的清晨，凛冽的寒风扑面而来，我们走到天心石上，想像小时候那样呼喊一声，但没有这么做。四周太寂静了，怕发出的哪怕是再微小的声音，打破那时寂静所带来的来自上天的神秘与深邃。

我只是再一次想起小时候大雨将至的时候，和小伙伴们拥挤在天心石上看远处的闪电如火苗一样蹿起，又像兵士列阵一样奔涌而来的情景。

如今，只要来圜丘，我都会想起那时的情景。只是，站在圜丘上，眺望四周，法藏寺早已经没有了，尽管天坛周围建筑限高，但是，远处还是有很多高楼大厦，遮挡住了城市的天际线，更不要说遥远的地平线了。

也有不少人排着队，一个接一个跑到天心石上。但是，他们都是为了拍照，而不是站在上面气出丹田大声喊一声，像我们小时候一样，让自己的声音在圜丘四周回荡，听听是不是比别在别处喊的声音响亮。他们只是比画着手势，张开嘴巴，做喊叫状，并没有一个人发出声音，像在演一场哑剧。

Chapter 60

六 百 个 春 天

　　春天又要到了。这将是天坛度过的第六百个春天。对比古老的天坛，我们每一个人，都是渺小的，都会生出"寄蜉蝣于天地，渺沧海之一粟"的感慨。

　　对于我，从小就进出天坛，那样熟悉，那样亲切，视其为自家的后院，脚印曾经如蒲公英飞散在这里的角角落落。却是去年立秋那一天之后，才忽然觉得天坛是那样的陌生，那样的深邃，那样值得去探究；才真正注意到来这里的芸芸众生是那样的丰富，那样的多彩，那样的有意思，那样的和我息息相关。他们，包括我自己在内，和古老的天坛互文互质，彼此交织而成六百年后的一阕新乐章。

　　我常想，天坛，从一座皇家的祭坛，到大众的公园，经历过这六百年沧海桑田的变化之后，对于我们，它如今到底变成了一个什么呢？

　　游人的胜地？

　　百姓的乐园？

　　北京人独有的客厅？

　　北京人最近便的后花园？

思古的一方舞台？怀旧的一本大书？忧愁的化解地？郁闷的解毒剂？秘密的存放地？欢乐的释放地？相约的幽会地？锻炼的运动场？歌舞的排练场？散步的林荫道？读书的阅览室？

我竟然想不出一个最为合适的比喻，概括不出天坛对于我们今天独特的价值与意义。这里既有磅礴的皇家气，也有平民的烟火气；既有历史的叹息，也有今天的感喟；既有古老的松柏，也有年轻的花草；既有岁月蜿蜒隐秘的幽径，也有今日新修的开阔的甬道；既有天阔之新日，也有夜阑之旧梦；既有坛上穹顶之天问，也有地上人间之世味……是啊，天坛，囊括万千，岂能是一个比喻的修辞所能概括？

很难想象，北京少了一座天坛，会是一种什么样子。在帝都中轴线之南端，将会如天缺一角般，让皇宫都失去了呼应，让人失去了与天对话对视的一种可能性。

春天又要到了。我想再到天坛转一圈。

再一次从正门祈谷门走进天坛，沿甬道往南，到斋宫，到神乐署；往北，到双环亭，到百花亭，穿过内垣前的柏树林，先到宰牲亭，再走进长廊，过北神厨，一直走到祈年殿，过丹陛桥，过成贞门，过回音壁，过圜丘。站在圜丘的天心石上，万千景物一览眼前，一切是那么的熟悉，那么的亲切，那么的动人哀怜。人流如鲫，来往川流不息，喧嚣不止。眼前的祈年殿默默不语，矗立在蓝天之下，天蓝色的琉璃瓦顶，不动声色，却不住晃我的眼睛。

走下圜丘，心里默默数着三层一共二十七级台阶。走出圜丘，走到东天门前的柏树林里的时候，一下子，空无一人，喧嚣远去，寂然无声，和圜丘上判若两界。我忽然想起写过《瓦尔登湖》的梭罗，想起如今在瓦尔登湖畔，梭罗故居前竖立的一块木牌上，写着梭罗生前说过的一段话：

> 我步入丛林，因为我希望生活得有意义，我希望活得深刻，并汲取生活中所有的精华，然后从中学习，以免让我在生命终结时，才发现自己从来没有活过。

我蓦然觉得，梭罗的这段话，用于我与天坛之间的交集，很有些贴切。这半年以来，我花了很多时间到天坛来画画，我步入天坛，并没有奢求梭罗所说的，希望生活得多么有意义，活得多么深刻，或者再多说一句，希望自己画得有多么好。但是，我确实从中学习并汲取一些精华，萍水相逢那么多人，呼吸到在坛垣外面少有的新鲜空气，那是环绕天坛几百年树龄的老柏树林散发出来的气息，相信远超过瓦尔登湖的。在秋深春远的晚年，天坛给予我新的碰撞，新的感悟，新的画作，新的文字，"以免让我在生命终结时，才发现自己从来没有活过"。

是的，我们都每一个人可以改写梭罗的这段话：

> 我步入天坛，因为我希望生活得有意义，我希望活得深刻，并汲取生活中所有的精华，然后从中学习，以免让我在生命终结时，才发现自己从来没有活过。

我说的是天坛。你可以说任何一个属于你自己的地方。

2019 年 8 月 8 日立秋

2020 年 1 月 6 日小寒写毕于北京

后 记

2020年1月6日，正值节气小寒，我写完了《天坛六十记》这本书的最后一节——"六百个春天"。2020年，正好是天坛建坛六百周年，算是对天坛的一份纪念。

这不是一本介绍天坛历史或抒写天坛风景的书，它只是我在天坛所见所闻所画所遇所思所忆的拾穗小札，是一本个人片断式、短制式的即兴随感，亦即布罗茨基所强调的作者创作时"意识中所产生的自然法则"。他同时说："也可以这么说，这是粘贴画和蒙太奇的原则。"他接着强调说："这是浓缩的原则，一个非常重要的原则。倘若你开始用类似浓缩的方式写作，全都一样，不管你愿意不愿意，写得都很短。"

我喜欢这种写作原则，在这本《天坛六十记》的写作中，学习和实验运用的就是这种原则，写得都不长。因为这种原则，不仅受制于作者的写作理念，还考虑了被资讯焦虑与生活快节奏所簇拥裹挟的读者。布罗茨基一言以蔽之："纯文学的实质就是短诗。我们大家都知道，现代人所谓的 attention span（意为一个人能够集中注意力于某事的时间）都极为短暂。"

书已写罢，小寒这一天后，我又接连去天坛多次，不为写作，只是习惯，仿佛脚步惯性，磁石一般指向天坛，去到那里转转，心里莫名其妙地充实一些。一直到1月20日，我又一次来到天坛。那一天，正值节气大寒。下午，我从圜丘出来，到成贞门西北侧，那里并排有两把座椅，我坐在那里画成贞门。春节将近，但除了工人在挂红灯笼，搭建庆祝春节的展牌，天坛里人不多。我和很多那时在天坛里的游人一样，不知道，或者说不敏感，一场疫情正饿虎扑食一般向我们无情扑来。

一位五十多岁的清洁工提着扫帚，走到我身边，好奇地看我画画，还特别称赞了我几句，我便投桃报李和他闲聊，问他是哪里人，过年休息几天。他告诉我他是山西人，说过年是最忙乎的时候，哪能回得了家。得等过完年，再请假回家了。

这天回家，晚上在电视里看到钟南山，得知了武汉的疫情，两天过后，武汉封城。真是没有想到，这个春节过得那样紧张。这个春天过得那样紧张。

再到天坛，已是4月。武汉解封，尽管全球范围内疫情依旧泛滥，但国内趋稳向好，人们多日锁门闭户的心情得以平复，像被揉搓得皱巴巴的手绢，开始展开，被渐渐熨平。封闭多日的天坛重新对外开放，我重到阔别三个月有余的天坛，感到分外亲切，也油然而生出很多感喟。

想起在这本书中最后一篇"六百个春天"开头写的那段话："春天又要到了。这将是天坛度过的第六百个春天。对比古老的天坛，我们每一个人，都是渺小的，都会生出寄蜉蝣于天地，渺沧海之一粟的感慨。"不禁有些惊讶，感觉这段话像是今日新写的一样，竟然有那样尖锐的针对性。人，只有经历过灾难的磨洗，才会真正感知自身的渺小，而对大自然多一分敬畏之心。或许，这正是六百年之后的天坛，对于我们今日特殊的意义。古人到这里祭天，这里不仅有祈年殿，还有斋宫的敬天大殿，都巍峨矗立在苍天之下。我们今天不会再虔诚而谦卑地跪拜在它们的面前，但起码应该心存一些敬畏，而不敢再那么肆无忌惮地为所欲为。

出乎我意料的是，来天坛的游人居然很多，大多是北京人，是带着孩子来玩的老人。放羊出圈一般，憋屈在家多日的人们，将自己放进天坛，多了笑声，多了生气，多了迎面扑来4月的草木清香。祈年殿、圜丘、皇穹宇、斋宫、神乐署、宰牲亭、神厨和神库这些室内的地方，暂时都还没有开放，但不妨碍春天已经烂烂漫漫地四处奔涌，二月兰和紫藤没心没肺地开得火爆。柏树林中的地上那一片铺铺展展二月兰明亮的紫色，和那些悬挂在架子上摇曳在半空中藤萝花妖艳的紫色，都紫得甚至有些惊心动魄。大自然，完全不管曾经发生的一切。在这一刻所呈现出的无情和有情，刺激着我的眼睛和心。

这之后，我又去过天坛几次，人越发多了起来。二月兰和紫藤花期过后，满园的月季盛开，芬芳诱人。花前花后，争先恐后拍照的人很多。祈年殿围墙前，摆出很多块展板，介绍天坛建坛六百年的历史。内垣和外垣的柏树林里，有约会的情侣，摘下口罩，情不自禁地拥抱亲吻。是啊，分开了那么长时间，在情人的心里，真的一日不见如隔三秋。双环亭、百花亭里，草坪上，藤萝架下（只是我常去的月季园前那个藤萝架因老旧维修被围栏围起无法进入），人们三五成群，围坐一起。他们分别带来吃的喝的，边吃边喝边聊边笑边拍照，长长的流水诉说着分别多日友情的牵挂和思念……

那种兴奋的劲头，让我感动之余，也生发感慨。觉得聚会中似乎没有"别来沧海事，语罢暮天钟"之感，刚刚发生过的灾难，如今依然全球蔓延的疫情，在眼前的一片繁花似锦中似乎化为乌有。不知为什么，忽然想起英国伟大的诗人奥登在他有名的《美术馆》里写过的一句诗——

> 一切是多么安闲地从那桩灾难转过脸，
> ……
> 太阳依旧照着白腿落进绿波里，
> 那华贵而精巧的船必曾看见。

只有六百年的天坛必曾看见。它老眼厌看往来路，流年暗换南北人，不动声色，在看着我们。这就是天坛的厉害。在"六百个春天"里，我写过这样一句话："眼前的祈年殿默默不语，矗立在蓝天之下，天蓝色的琉璃瓦顶，不动声色，却不住晃我的眼睛。"今天我要再加上一句：祈年殿的琉璃瓦顶"也直逼我的心"。

五一劳动节过后，我去天坛，在神库外的红墙前，一对青年男女手里举着刚刚拿到的结婚证在拍照。男的很随意地穿着件白T恤，女的却特意穿着洁白的曳地婚纱，猜想那婚纱大概被这场突如其来的疫情耽搁了很久。中午时分的烈日照射下，红墙红得那样耀眼，把她的一身洁白的婚纱对比得那样醒目。

我想起了奥登的前一辈诗人爱德华·汤玛斯写过的一首《樱桃树》的短诗，全诗只有四句——

> 樱桃树垂向古老的大路，
> 过路的人死了，只见一片落英，
> 满地花瓣像准备谁的婚礼，
> 这阳春五月却无一家成亲。

汤玛斯写的是战争之后的情景与心情，我想到的是疫情之后。这样的联想和对比，没有一点来由，似乎匪夷所思。

当然，重新回到天坛的人们，应该有劫后重生的欢乐聚会和尽情游玩的权利和心情，也尽可以谈情说爱，结婚，乃至离婚。天坛，如今不再是祭坛，而是人们游乐的园林。但我们来这里也不应该只是寻欢作乐，或只发思古之幽情，毕竟这里是一个和天密切相关的地方。

我在天坛静静地走了一圈，一路走，一路在想，天坛真是一个有意思的去处，其他公园无法与之相比，尤其是今天，更无法相比。因为它是天坛，我们在此面对的是天，是古人所认为的比人道更高一层的天道，比自然更高一层的主宰人类命运之神，亦即雨果曾经说过的："比天平更高一级的还有七弦琴。"只不过，雨果的七弦琴，在天坛的神乐署里要奏出的是韶乐，是此曲只应天上有的天之曲。

无论是天，还是七弦琴，还是大自然，都要我们人类躬下身，垂下头，重生谦卑之情、虔诚之思和敬畏之心。尽管我们已经进入高速发展的电子时代，尽管我们已经驾着宇宙飞船飞上了天。

天坛的厉害，就在于，重新开放之后，让我们再次回到它的面前时，不是以萧瑟秋天落叶飘零林涛呼啸，而是用这春天灿烂无比的鲜花怒放迎接我们。它要以鲜花的芬芳，抚慰我们受伤的心；也要用鲜花的簇拥，刺激或者是考验我们是否会轻易被暂时的欢乐场景所迷惑，而迅速遗忘掉曾经甚至还未曾过去的灾难。

这一次去天坛，专门去了成贞门，依然坐在成贞门西北侧画成贞门。因为我想起1月20日小寒那天在这位遇到的那位清洁工，不知道他现在情况怎么样，回没回老家，或者回老家后再回没回到天坛来。我希望在这里还能碰见他。可惜，没有。只有成贞门依旧，北面的祈年殿依旧，南面的皇穹宇和圜丘依旧，却已经是人生有代谢，往来成古今。

最后，要感谢我年轻的朋友燕舞，是他的法眼青睐和热情鼓励，让这本小书《天坛六十记》走到读者的面前。也要感谢老朋友长江文艺出版社的鼎力支持，让这本小书在天坛建坛六百周年的日子里得以出版。

当然，还要感谢读者朋友们，谢谢你们读到最后这里，耐心地跟随我一起在天坛里转了一圈又一圈，依然意犹未尽。

肖复兴

2020年6月6日芒种后一日于北京

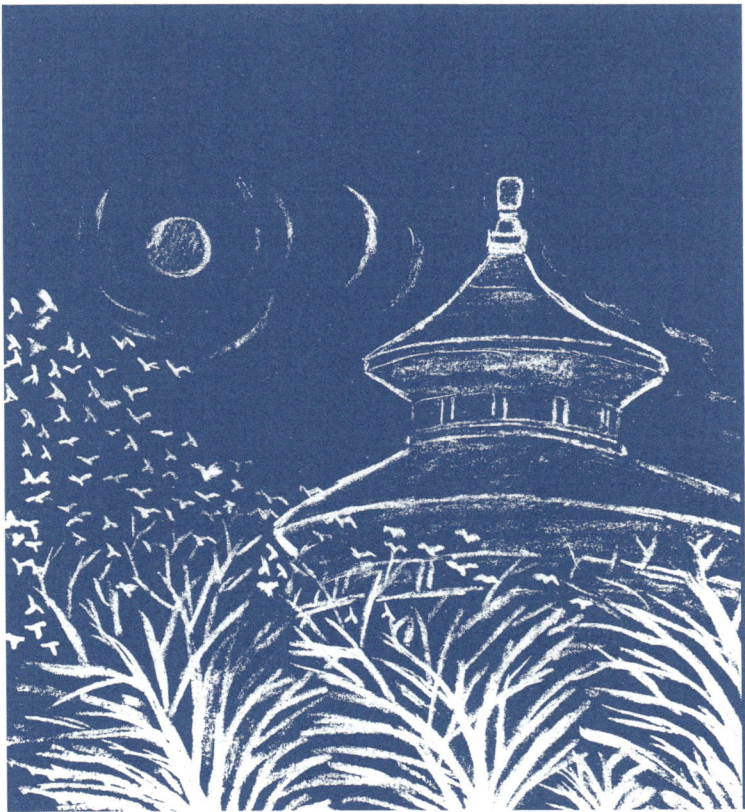

它老眼厌看往来路，

流年暗换南北人，

不动声色，在看着我们。

记忆中的
天坛

Temple
of
Heaven

图书在版编目（ＣＩＰ）数据

天坛六十记 / 肖复兴著.-- 武汉 ：长江文艺出版
社， 2021.1
　ISBN 978-7-5702-1707-6

　　Ⅰ．①天… Ⅱ．①肖… Ⅲ．①散文集－中国－当代
Ⅳ．①I267

中国版本图书馆 CIP 数据核字(2020)第 140244 号

策划编辑：燕　舞
责任编辑：孙　琳　　　　　　　　责任校对：毛　娟
封面设计：壹　诺　　　　　　　　责任印制：邱　莉　杨　帆

出版：长江出版传媒　长江文艺出版社
地址：武汉市雄楚大街 268 号　　　　邮编：430070
发行：长江文艺出版社
http://www.cjlap.com
印刷：武汉市金港彩印有限公司

开本：640 毫米×970 毫米　　1/16　印张：14.25　　插页：2 页
版次：2021 年 1 月第 1 版　　　2021 年 1 月第 1 次印刷
字数：119 千字

定价：36.00 元